U0080302

STS

山田社

STS

山田社

Nihongo
MP3
inside

飛機上臨時抱佛腳也OK啦!

極短句旅遊日語

也可以著色喔!

★ 西村惠子著 | 山田社 | STS Culture Co.

-Preface 前言-

去了好幾次又還想去，我們就是這麼夯玩日本，日本魅力，簡直是凡人無法檔。也因此，日本旅遊再升級到精神最高層次，大家到日本要享受的，例如：一期一會的圍爐煮茶，聽傳說老故事，讓自己的心完全融化；用如海般的竹林來淨化自己的心；找尋隱匿低調，卻更能擄獲人心的極療癒日式建築…。

當然一期一會，用極簡日語，更能捕捉富想像力的畫面了。本書精心設計了使用頻率較高的旅遊極短句，再加上沒有場面限制，可以靈活運用的頻出54個句型，配合旅遊常用單字，讓忙碌的您能夠在短時間內迅速掌握一口流利、道地的日語。在飛機內臨時抱佛腳也OK啦！

書中，手繪的單字裡有調皮的人物，線條簡單的插圖，可以讓您看了莞爾一笑，感到輕鬆無負擔。由於都是線條圖，您也可以當著色書上上顏色，好玩又抒壓喔！

-Contents 目錄-

メモを記入欄

PART 1

日本人天天說的句型

1

是 ☐ 。
名詞+です。
desu

林 **林** リン rin	山田 **山田** やまだ yamada	書 **本** ほん hon	脚踏車 **自転車** じてんしゃ jitensha

た なか **田中**です。 Tanaka desu	我是田中。

がくせい **学生**です。 gakusee desu	我是學生。

2

是 ☐ 。
數量+です。
desu

一千日圓 せんえん **千円** senen	一個 ひと **一つ** hitotsu	一杯 いっぱい **一杯** ippai	兩支 に ほん **二本** nihon

ご ひゃくえん **５00円**です。 gohyaku-en desu	500日圓。

にじゅう **20ドル**です。 nijuu-doru desu	20美金。

3

形容詞＋です。
desu

冰冷	快樂	快速	好吃
冷たい tsumetai 	楽しい tanoshii	速い hayai	おいしい oishii

高いです。　　　　　　　昂貴。
takai desu

寒いです。　　　　　　　寒冷。
samui desu

4

名詞＋は＋名詞＋です。
　　　　wa　　　　　desu

他／美國人	那是／大象	姊姊／模特兒
彼／アメリカ人 kare　amerika-jin 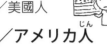	あれ／象 are　zoo 	姉／モデル ane　moderu

私は学生です。　　　　　我是學生。
watashi wa gakusee desu

これはパンです。　　　　這是麵包。
kore wa pan desu

T1-2

5

□□的□□。
名詞＋の＋**名詞**＋です。
no　　　desu

妹妹／雨傘 いもうと かさ 妹／傘 imooto kasa	義大利／鞋子 イタリア／靴 くっ itaria　　kutsu	法國／麵包 フランス／パン furansu　　pan

わたし
私のかばんです。　　　　　　我的包包。
watashi no kaban desu

に ほん　くるま
日本の車です。　　　　　　　日本車。
nihon no kuruma desu

6

是□□嗎？
名詞＋ですか。
desuka

台灣人 たいわんじん 台湾人 taiwan-jin	美國人 アメリカ人 じん amerika-jin	泰國人 タイ人 じん tai-jin	義大利人 イタリア人 じん itaria-jin

に ほんじん
日本人ですか。　　　　　　是日本人嗎？
nihon-jin desuka

どなたですか。　　　　　　是哪一位？
donata desuka

8

7

□□是□□嗎？

名詞＋は＋名詞＋ですか。
　　　　　wa　　　　　desuka

出口／那裡	國籍／哪裡	籍貫，畢業／哪裡
出口 <small>でぐち</small>／あそこ 	国 <small>くに</small>／どこ	ご出身 <small>しゅっしん</small>／どちら
deguchi　asoko	kuni　doko	gshusshin　dochira

トイレはあそこですか。　　　　　廁所是那裡嗎？
toire wa asoko desuka

駅<small>えき</small>はここですか。　　　　　車站是這裡嗎？
eki wa koko desuka

8

□□嗎？

名詞＋は＋形容詞＋ですか。
　　　　　wa　　　　　desuka

這個／好吃	價錢／貴	房間／整潔
これ／おいしい	値段 <small>ねだん</small>／高<small>たか</small>い	部屋 <small>へや</small>／きれい
kore　oishii	nedan　takai	heya　kiree

ここは痛<small>いた</small>いですか。　　　　　這裡痛嗎？
koko wa itai desuka

駅<small>えき</small>は遠<small>とお</small>いですか。　　　　　車站遠嗎？
eki wa tooi desuka

9

9

不是 ▢ 。

名詞＋ではありません。
dewa arimasen

河川 川 <small>かわ</small> kawa	派出所 交番 <small>こうばん</small> kooban	公車 バス basu	紅茶 紅茶 <small>こうちゃ</small> koocha

イタリア人ではありません。 <small>じん</small> itaria-jin dewa arimasen	不是義大利人。
辞書ではありません。 <small>じ しょ</small> jisho dewa arimasen	不是字典。

10

▢ 喔！

形容詞＋ですね。
desune

甜的 甘い <small>あま</small> amai	苦的 苦い <small>にが</small> nigai	有趣的 面白い <small>おもしろ</small> omoshiroi	方便 便利 <small>べん り</small> benri

暑いですね。 <small>あつ</small> atsui desune	好熱喔！
寒いですね。 <small>さむ</small> samui desune	好冷喔！

11

 喔！
形容詞＋名詞＋ですね。
desune

好／天氣 	好吃／店	熱鬧的／地方
いい／天気（てんき）	おいしい／店（みせ）	にぎやかな／ところ
ii tenki	oishii mise	nigiyaka na tokoro

きれいな人（ひと）ですね。　　　　　好漂亮的人喔！
kiree na hito desune

楽（たの）しい旅行（りょこう）ですね。　　　好愉快的旅行喔！
tanoshii ryokoo desune

12

 吧！
名詞＋でしょう。
deshoo

雨	雪	風	颱風
雨（あめ）	雪（ゆき）	風（かぜ）	台風（たいふう）
ame	yuki	kaze	taifuu

晴（は）れでしょう。　　　　　是晴天吧！
hare deshoo

曇（くも）りでしょう。　　　　　是陰天吧！
kumori deshoo

13

名詞（を）＋ます。
masu

音樂／聽	相片／照相	花／開
音楽を／聞き おんがく き ongaku o　kiki	写真を／撮り しゃしん と shashin o　tori	花が　／咲き はな さ hana ga　saki

ご飯を食べます。　　　　　吃飯。
go-han o tabemasu

タバコを吸います。　　　　抽煙。
tabako o suimasu

14

従　　　來。
名詞＋から来ました。
kara　kimasita

中國	英國	法國	印度
中国 ちゅうごく chuugoku	イギリス igirisu	フランス furansu	インド indo

台湾から来ました。　　　　從台灣來。
たいわん き
taiwan kara kimashita

アメリカから来ました。　　從美國來。
amerika kara kimashita

15

___吧！

名詞（を…）+ましょう。
o　　　　　mashoo

唱歌	打網球	去買東西
歌を歌い	テニスをし	買い物に行き
uta o utai	tenisu o shi	kaimono ni iki

ゲームをしましょう。　　　　打電動玩具吧！
geemu o shimashoo

映画を見ましょう。　　　　　看電影吧！
eega o mimashoo

16

給我___。

名詞+をください。
o　kudasai

地圖	毛衣	咖啡	壽司
地図	セーター	コーヒー	寿司
chizu	seetaa	koohii	shushi

ビーフをください。　　　　請給我牛肉。
biifu o kudasai

これをください。　　　　　給我這個。
kore o kudasai

17

給我 ⬛⬛ 。

數量＋ください。
kudasai

兩張	三本	一個	一人份
二枚 (にまい)	三冊 (さんさつ)	一個 (いっこ)	一人前 (いちにんまえ)
nimai	sansatsu	ikko	ichinin-mae

一つ（ひと）ください。　　　　　給我一個。
hitotsu kudasai

一山（ひとやま）ください。　　　　給我一堆。
hitoyama kudasai

18

給我 ⬛⬛ 。

名詞＋を＋數量＋ください。
o kudasai

啤酒／一杯	毛巾／兩條	生魚片／兩人份
ビール／一杯 (いっぱい)	タオル／二枚 (にまい)	刺身 (さしみ)／二人前 (ににんまえ)
biiru ippai	taoru nimai	sashimi ninin-mae

ピザを一つ（ひと）ください。　　　給我一個披薩。
piza o hitotsu kudasai

切符（きっぷ）を二枚（にまい）ください。　　給我兩張車票。
kippu o nimai kudasai

19

給我 ___ 。

動詞+ください。
kudasai

等一下	開	給我看一下	說
待<ruby>っ<rt>ま</rt></ruby>て	開<ruby>け<rt>あ</rt></ruby>て	見<ruby>せ<rt>み</rt></ruby>て	言<ruby>っ<rt>い</rt></ruby>て
matte	akete	misete	itte

見<ruby>せ<rt>み</rt></ruby>てください。　　　　　　拿給我看一下。
misete kudasai

教<ruby>え<rt>おし</rt></ruby>てください。　　　　　　請告訴我。
oshiete kudasai

20

請 ___ 。

名詞（を…）+動詞+ください。
　　　o　　　　　　kudasai

房間／打掃	向右／轉	用漢字／寫
部屋を／掃除して	右に／曲がって	漢字で／書いて
heya o 　 soojishite	migi ni 　 magatte	kanji de 　 kaite

部屋<ruby>へ<rt></rt></ruby>を変<ruby>か<rt></rt></ruby>えてください。　　　請換房間。
heya o kaete kudasai

警察<ruby>けいさつ<rt></rt></ruby>を呼<ruby>よ<rt></rt></ruby>んでください。　　　請叫警察。
keesatsu o yonde kudasai

21

請 ⬜。

形容詞＋**動詞**＋ください。
kudasai

短／縮短	便宜／賣	簡單／說明 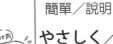
短く／つめて mijikaku　tsumete	安く／売って yasuku　utte	やさしく／説明して yasashiku　setsumeeshite

早く起きてください。　　　　趕快起床。
hayaku okite kudasai

きれいに掃除してください。　　打掃乾淨。
kiree ni sooji shite kudasai

22

請弄 ⬜。

形容詞＋してください。
shite kudasai

亮	暖	短	乾淨
明るく akaruku	暖かく atatakaku	短く mijikaku	きれいに kiree ni

安くしてください。　　　　　請算便宜一點。
yasuku shite kudasai

早くしてください。　　　　　請快一點。
hayaku shite kudasai

23

□多少錢？
名詞＋いくらですか。
ikura desuka

唱片 	耳環	太陽眼鏡	比基尼
レコード rekoodo	**イヤリング** iyaringu	**サングラス** sangurasu	**ビキニ** bikini

これいくらですか。 kore ikura desuka	這個多少錢？
大人（おとな）いくらですか。 otona ikura desuka	大人需要多少錢？

24

□多少錢？
數量＋いくらですか。
ikura desuka

一套	一台	一雙	一盒
一着（いっちゃく） ittchaku	一台（いちだい） ichidai	一足（いっそく） issoku	ワンパック wanpakku

一（ひと）ついくらですか。 hitotsu ikura desuka	一個多少錢？
一時間（いちじかん）いくらですか。 ichijikan ikura desuka	一個小時多少錢？

25

□多少錢？

名詞＋数量＋いくらですか。
ikura desuka

鞋／一雙	相機／一台	蔥／一把
くつ／一足 kutsu　issoku 	カメラ／一台 kamera　ichidai 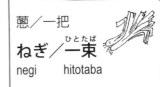	ねぎ／一束 negi　hitotaba

これ、一ついくらですか。　　這個一個多少錢？
kore, hitotsu ikura desuka

刺身、一人前いくらですか。　　生魚片一人份多少錢？
sashimi, ichinin-mae ikura desuka

26

有□嗎？

名詞＋はありますか。
wa arimasuka

健身房	保險箱	游泳池	衛星節目
ジム jimu	金庫 kinko	プール puuru	衛星放送 eesee-hoosoo

新聞はありますか。　　有報紙嗎？
shinbun wa arimasuka

席はありますか。　　有位子嗎？
seki wa arimasuka

27

有 ⬜ 嗎？
場所＋はありますか。
wa arimasuka

電影院	公園	飯店	旅館
えいがかん	こうえん		りょかん
映画館	公園	ホテル	旅館
eegakan	kooen	hoteru	ryokan

ゆうびんきょく
郵便局はありますか。　　　　　有郵局嗎？
yuubinkyoku wa arimasuka

せんとう
銭湯はありますか。　　　　　　有大衆澡堂嗎？
sentoo wa arimasuka

28

有 ⬜ 嗎？
形容詞＋名詞＋はありますか。
wa arimasuka

大／房間	便宜／旅館	黑色／高跟鞋
おお	やす　りょかん	くろ
大きい／部屋	安い／旅館	黒い／ハイヒール
ookii　heya	yasui　ryokan	kuroi　haihiiru

やす　せき
安い席はありますか。　　　　　有便宜的位子嗎？
yasui seki wa arimasuka

あか
赤いスカートはありますか。　　有紅色的裙子嗎？
akai sukaato wa arimasuka

29

_____ 在哪裡?

場所 + はどこですか。
wa doko desuka

百貨公司	超市	棒球場	美容院
デパート	スーパー	や きゅうじょう 野球場	び ょういん 美容院
depaato	suupaa	yakyuujoo	biyooin

トイレはどこですか。 廁所在哪裡?
toire wa doko desuka

コンビニはどこですか。 便利商店在哪裡?
konbini wa doko desuka

30

麻煩 _____。

名詞 + をお願いします。
o onegai shimasu

點菜	兌換外幣	客房服務	住宿登記
ちゅうもん 注文	りょう がえ 両替	ルームサービス	チェックイン
chuumon	ryoogae	ruumu-saabisu	chekkuin

に もつ　　ねが
荷物をお願いします。 麻煩幫我搬行李。
nimotsu o onegai shimasu

かんじょう　　ねが
お勘定をお願いします。 麻煩結帳。
okanjoo o onegai shimasu

31

麻煩用▮▮。

名詞＋でお願いします。
ねが
de onegai shimasu

海運	包裹	分開（算錢）	飯前
船便 ふなびん funabin	小包 こ づつみ kozutsumi	別々 べっべつ betsubetsu	食前 しょくぜん shokuzen

こうくうびん
航空便でお願いします。　　　麻煩我寄空運。
ねが
kookuubin de onegai shimasu

カードでお願いします。　　　麻煩我刷卡。
ねが
kaado de onegai shimasu

32

麻煩我到▮▮。

場所＋までお願いします。
ねが
made onegai shimasu

郵局	電影院	百貨公司	這裡
郵便局 ゆうびん きょく yuubinkyoku	映画館 えい が かん eegakan	デパート depaato	ここ koko

えき
駅までお願いします。　　　麻煩我到車站。
ねが
eki made onegai shimasu

ホテルまでお願いします。　　　麻煩我到飯店。
ねが
hoteru made onegai shimasu

33

請給我 ⬜。
名詞＋数量＋お願いします。
onegai shimasu

套裝／一套	相機／一台	襯衫／一件
スーツ／一着	カメラ／一台	シャツ／一枚
suutsu　icchaku	kamera　ichidai	sushatsu　ichimai

大人一枚お願いします。　　　　請給我成人票一張。
otona ichimai onegai shimasu

ビール一本お願いします。　　　請給我一瓶啤酒。
biiru ippon onegai shimasu

34

⬜如何？
名詞＋はどうですか。
wa doo desuka

夏威夷	壽司	黑輪	星期天
ハワイ	寿司	おでん	日曜日
hawai	sushi	oden	nichiyoobi

焼肉はどうですか。　　　　烤肉如何？
yakiniku wa doo desuka

旅行はどうですか。　　　　旅行怎麼樣？
ryokoo wa doo desuka

35

□的□如何？
時間＋の＋**名詞**＋はどうですか。
no　　　　　wa doo desuka

今天／天氣 	昨天／音樂會	上個月／旅行
きょう　てんき 今日／天気 kyoo　tenki	きのう　おんがくかい 昨日／音楽会 kinoo　ongakukai	せんげつ　りょこう 先月／旅行 sengetsu　ryokoo

こ と し　うんせい
今年の運勢はどうですか。　　　今年的運勢如何？
kotoshi no unsee wa doo desuka

きのう　しけん
昨日の試験はどうですか。　　　昨天的考試如何？
kinoo no shiken wa doo desuka

36

我要□。
名詞＋がいいです。
ga ii desu

這個	西瓜	拉麵	果汁
これ kore	スイカ suika	ラーメン raamen 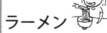	ジュース juusu

コーヒーがいいです。　　　我要咖啡。
koohii ga ii desu

てんぷらがいいです。　　　我要天婦羅。
tenpura ga ii desu

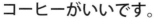

37

我要 ⬛ 。

形容詞（の、なの）＋がいいです。
no　　nano　　　　ga ii desu

小的	藍的	短的	漂亮的
小さいの	青いの	短いの	きれいなの
chiisai no	aoi no	mijikai no	kiree na no

大きいのがいいです。　　　　我要大的。
ookii noga ii desu

便利なのがいいです。　　　　我要方便的。
benri na noga ii desu

38

可以 ⬛ 嗎？

動詞＋もいいですか。
mo ii desuka

吃 	坐	摸 	聽
食べて	座って	触って	聞いて
tabete	suwatte	sawatte	kiite

飲んでもいいですか。　　　　可以喝嗎？
nondemo ii desuka

試着してもいいですか。　　　可以試穿嗎？
shichaku shitemo ii desuka

39

可以 ▢ 嗎？
名詞（を…）＋動詞＋もいいですか。
o　　　　　　　　　　mo ii desuka

相片／照	在這裡／寫	啤酒／喝
写真を／撮って	ここに／書いて	ビールを／飲んで
shashin o　totte	koko ni　kaite	biiru o　nonde

タバコを吸ってもいいですか。　　　可以抽煙嗎？
tabako o suttemo ii desuka

ここに座ってもいいですか。　　　可以坐這裡嗎？
koko ni suwattemo ii desuka

40

想 ▢ 。
動詞＋たいです。
tai desu

玩	走	游泳	買 
遊び	歩き	泳ぎ	買い
asobi	aruki	oyogi	kai

食べたいです。　　　想吃。
tabe tai desu

聞きたいです。　　　想聽。
kiki tai desu

41

我想到 ▢ 。

場所＋まで、行きたいです。
made,　iki tai desu

新宿	原宿	青山	池袋
新宿 しんじゅく shinjuku	**原宿** はらじゅく harajuku	**青山** あおやま aoyama	**池袋** いけ ぶくろ ikebukuro

渋谷駅まで行きたいです。　　我想到澀谷車站。
しぶ や えき
shibuya-eki made ikitai desu

成田空港まで行きたいです。　我想到成田機場。
なり た くうこう
narita-kuukoo made ikitai desu

42

想 ▢ 。

名詞＋を（に）＋動詞＋たいです。
　　　o　　ni　　　　　　tai desu

煙火／看	演唱會／去	料理／吃
花火／見 はな び　み hanabi　mi	**コンサート／行き** konsaato　　　　iki	**料理／食べ** りょう り　　た ryoori　　tabe

温泉に入りたいです。　　　我想泡溫泉。
おんせん はい
onsen ni hairi tai desu

部屋を予約したいです。　　我想預約房間。
へ や　よやく
heya o yoyaku shi tai desu

43

我在找 ▉ 。

名詞＋を探しています。

o saga shite imasu

褲子 	休閒鞋 	領帶 	唱片 
ズボン	スニーカー	ネクタイ	レコード
zubon	suniikaa	nekutai	rekoodo

スカートを探しています。　　　　我在找裙子。
sukaato o sagashite imasu

傘を探しています。　　　　我在找雨傘。
kasa o sagashite imasu

44

我要 ▉ 。

名詞＋がほしいです。

ga hosii desu

錄音帶	錄影機 	底片	收音機
テープ	ビデオカメラ	フィルム	ラジオ
teepu	bideokamera	fuirumu	rajio

靴がほしいです。　　　　我想要鞋子。
kutsu ga hoshii desu

香水がほしいです。　　　　我想要香水。
koosui ga hoshii desu

T1- 12

45

很會　　。

名詞＋が上手です。
ga joozu desu

煮菜 りょう り **料理** ryoori	籃球 **バスケットボール** basukettobooru	英語 えい ご **英語** eego	日語 に ほん ご **日本語** nihongo

うた じょう ず
歌が上手です。　　　　　　　很會唱歌。
uta ga joozu desu

じょう ず
テニスが上手です。　　　　　很會打網球。
tenisu ga joozu desu

46

太　　。

形容詞＋すぎます。
sugimasu

低 ひく **低** hiku	小 ち い **小さ** chiisa	快 はや **速** haya	重 おも **重** omo

たか
高すぎます。　　　　　　　太貴。
taka sugimasu

おお
大きすぎます。　　　　　　太大。
ooki sugimasu

47

喜歡 □。

名詞＋が好きです。
ga suki desu

網球	釣魚	兜風	爬山
テニス	つり	ドライブ	登山 とざん
tenisu	tsuri	doraibu	tozan

漫画が好きです。　　　　　　　喜歡漫畫。
manga ga suki desu

ゲームが好きです。　　　　　　喜歡電玩。
geemu ga suki desu

48

對 □ 感興趣。

名詞＋に興味があります。
ni kyoomi ga arimasu

歷史 	經濟	電影	藝術
歴史 れきし	経済 けいざい	映画 えいが	芸術 げいじゅつ
rekishi	keezai	eega	geejutsu

音楽に興味があります。　　　　對音樂有興趣。
ongaku ni kyoomi ga arimasu

漫画に興味があります。　　　　對漫畫有興趣。
manga ni kyoomi ga arimasu

49

在□□有□□。

場所＋で＋**慶典**＋があります。
de　　　　　ga arimasu

青森／驅魔祭 	德島／阿波舞祭	仙台／七夕祭
青森／ねぶた祭	**徳島／阿波踊り**	**仙台／七夕 祭**
aomori　nebuta-matsuri	tokushima　awa-odori	sendai　tanabata-matsuri

浅草でお祭があります。　　　　淺草有慶典。
asakusa de o-matsuri ga arimasu

札幌で雪 祭があります。　　　　札幌有雪祭。
sapporo de yuki-matsuri ga arimasu

50

□□痛。

身体＋が痛いです。
　　　 ga itai desu

肚子	腰	膝蓋	牙齒
おなか	**腰**	**ひざ**	**歯**
onaka	koshi	hiza	ha

頭が痛いです。　　　　頭痛。
atama ga itai desu

足が痛いです。　　　　脚痛。
ashi ga itai desu

51

□丢了。

物品＋をなくしました。
o nakushimashima

票	信用卡	護照	外套
		PASSPORT	
チケット	**カード**	**パスポート**	**コート**
chiketto	kaado	pasupooto	kooto

財布をなくしました。　　　　錢包丟了。
saifu o nakushimashita

カメラをなくしました。　　　相機丟了。
kamera o nakushimashita

52

□忘了放在□。

場所＋に＋**物品**＋を忘れました。
ni　　　　　　o wasuremashita

桌上／車票	浴室／手錶
テーブルの上／切符 eeburu no ue　　　kippu	**バスルーム／腕時計** basu-ruumu　　ude-dokee

バスにかばんを忘れました。　　包包忘了放在巴士了。
basu ni kabann o wasuremashita

部屋に鍵を忘れました。　　　鑰匙忘了放在房間了。
heya ni kagi o wasuremashita

53

被偷了。

| 物品 | + を盗まれました。 |
o nusumaremashita

錢包 財布 saifu	照相機 カメラ kamera	手錶 腕時計 ude-dokee	筆記電腦 ノートパソコン nooto-pasokon

かばんを盗まれました。　　　包包被偷了。
kaban o nusumaremashita

現金を盗まれました。　　　錢被偷了。
genkin o nusumaremashita

54

我想 　　　。

| 句子 | + と思っています。 |
to omottte imasu

想當老師 先生になりたい sensee ni naritai	想住在郊外 郊外に住みたい koogai ni sumitai	想到國外旅行 海外旅行したい kaigai ryokoo shitai

日本に行きたいと思っています。　　我想去日本。
nihon ni ikitai to omottte imasu

あの人が犯人だと思っています。　　我認為那個人是犯人。
ano hito ga hanninda to omotte imasu

32

PART 2

自己愛說的日語

1　你好

おはようございます。 ohayoo gozaimasu	早安。
こんにちは。 konnichiwa	你好。（白天）
こんばんは。 konbanwa	你好。（晚上）
おやすみなさい。 oyasuminasai	晚安。（睡前）
どうも。 doomo	謝謝。

2　再見

さようなら。 sayoonara	再見。
失礼します。 shitsuree shimasu	先失陪了。
それでは。 soredewa	那麼就再見了。
バイバイ。 baibai	拜拜。
じゃあね。 jaane	掰囉。
お気をつけて。 oki o tsukete	路上小心。

3　回答　　T1- 17

はい。 hai	是。
はい、そうです。 hai, soo desu	對，沒錯。
わかりました。 wakarimashita	知道了。
かしこまりました。 kashikomarimashita	了解了。
承知しました。 shoochi shimashita	我了解了。
そうですか。 soodesuka	這樣啊！

4　謝謝　　T1- 18

ありがとうございました。 arigatoo gozaimashita	謝謝您了。
どうも。 doomo	謝謝。
すみません。 sumimasen	不好意思。
ご親切にどうもありがとう。 go-shinsetsu ni doomo arigatoo	您真親切，謝謝。
お世話になりました。 osewa ni narimashita	謝謝照顧。
どうもすみません。 doomo sumimasen	非常感謝您。

5　不客氣啦

T1- 19

いいえ。 iie	不會。
どういたしまして。 doo itashimashite	不客氣。
大丈夫ですよ。 だいじょうぶ daijoobu desuyo	不要緊。
こちらこそ。 kochira koso	我才抱歉。
気にしないで。 き ki ni shinaide	不要在意。
いいえ、かまいません。 iie, kamaimasen	哪裡，別放在心上。

6　真對不起

T1- 20

すみません。 sumimasen	對不起。
失礼しました。 しつれい shitsuree shimashita	失禮了。
ごめんなさい。 gomen nasai	對不起。
申し訳ありません。 もう　　わけ mooshiwake arimasen	抱歉。
ご迷惑をおかけしました。 めいわく go-meewaku o okakeshimashita	給您添麻煩了。
大変失礼しました。 たいへんしつれい taihen shitsuree shimashita	真對不起。

7 借問一下 T1- 21

すみません。 sumimasen	不好意思。
ちょっといいですか。 chotto ii desuka	可以耽誤一下嗎？
ちょっとすみません。 chotto sumimasen	打擾一下。
ちょっとうかがいますが。 chotto ukagaimasuga	請問一下。
旅行のことですが…。 ryokoo no koto desuga	我想問有關旅行的事。
あのう…。 anoo...	請問…。

8 現在幾點了 T1- 22

今は何時ですか。 ima wa nanji desuka	現在幾點？
これは何ですか。 kore wa nan desuka	這是什麼？
ここはどこですか。 koko wa doko desuka	這裡是哪裡？
それはどんな本ですか。 sore wa donna hon desuka	那是怎麼樣的書？
なんていう川ですか。 nante iu kawa desuka	河川名叫什麼？

1 我姓李　　　● T1-23

我姓 ▇▇▇ 。
姓氏 ＋です。
desu

田中 た なか 田中 tanaka		史密斯 スミス sumisu	
李 り 李 ri		阿里 あり ari	

敝姓 ▇▇▇ 。
姓氏 ＋と申します。
to mooshimasu

山田 や ま だ 山田 yamada		塔瓦 タワー tawaa	
金 キム kimu		哈力 ハリー harii	
鈴木 すず き 鈴木 suzuki		佐藤 さ とう 佐藤 satoo	
木村 き むら 木村 kimura			

例句

はじめまして、楊といいます。 hajimemashite. yoo to iimasu	你好，我姓楊。
木村です。よろしくお願いします。 kimura desu.yoroshiku onegai shimasu	我是木村，請多指教。
こちらこそ、よろしく。 kochirakoso. yoroshiku	我才是，請多指教。
どこからいらっしゃいましたか。 doko kara irasshaimashitaka	您從哪裡來？
お会いできてうれしいです。 oai-dekite ureshii desu	幸會幸會！

花語—花言葉（一）

櫻花 桜 sakura		優雅的美人 優れた美人 sugureta bijin
向日葵 ひまわり himawari		眼中只有你 あなたを見つめる anata o mitsumeru
牽牛花 朝顔 asagao		短暫的戀情 はかない恋 hakanai koi
杜鵑花 ツツジ tsutsuji		熱情的愛 愛の情熱 ai no joonetsu

我從□□來。
國名＋から来ました。
kara kimashita

台灣 台湾 （たいわん） taiwan		中國 中國 （ちゅうごく） chuugoku	
日本 日本 （にほん） nihon		韓國 韓国 （かんこく） kankoku	
德國 ドイツ doitsu		英國 イギリス igirisu	
美國 アメリカ amerika		越南 ベトナム betonamu	
法國 フランス furansu		泰國 タイ tai	
印度 インド indo		荷蘭 オランダ oranda	
西班牙 スペイン supein			

例句

お国はどちらですか。 o-kuni wa dochira desuka	您是哪國人？
私は台湾人です。 watashi wa taiwan-jin desu	我是台灣人。
私は日本 大学出身です。 watashi wa nihon-daigaku shusshin desu	我畢業於日本大學。
私は、台北から来ました。 watashi wa taipee kara kimashita	我從台北來的。
あなたは。 anata wa	你呢？
私はアメリカから来ました。 watashi wa amerika kara kimashita	我從美國來的。

花語—花言葉（二）

小小專欄

蒲公英 たんぽぽ tanpopo		分離 別離 betsuri
玫瑰花 バラ bara		熱烈的戀情 熱烈な恋 netsuretsu na koi
繡球花 アジサイ ajisai		見異思遷 浮気 uwaki
鬱金香 チューリップ chuurippu		宣告戀情 恋の宣言 koi ni senen

我是 ____。

職業 ＋ です。
desu

主婦 しゅふ 主婦 shufu		店員 てんいん 店員 tenin	
模特兒 モデル moderu		大學生 だいがくせい 大学生 daigakusee	
粉領族 オーエル ＯＬ ooeru		醫生 いしゃ 医者 isha	
看護人員 かんごし 看護士 kangoshi		上班族 かいしゃいん 会社員 kaishain	
老師 せんせい 先生 sensee		學生 がくせい 学生 gakusee	
記者 きしゃ 記者 kisha		作家 さっか 作家 sakka	
司機 うんてんしゅ 運転手 untenshu		演員 はいゆう 俳優 haiyuu	
工程師 エンジニア enjinia			

例句

お仕事は何ですか。
o-shigoto wa nan desuka

您從事哪種行業？

日本語教師です。
nihongo kyooshi desu

我是日語老師。

貿易会社で働いています。
booeki-gaisha de hataraite imasu

我在貿易公司工作。

大学の教師です。
daigaku no kyooshi desu

大學老師。

ドラマのプロデューサーです。
dorama no puroduusaa desu

連續劇的製作人。

車会社に勤めています。
kuruma-gaisha ni tsutomete imasu

在汽車公司上班。

花屋をやっています。
hanaya o yatte imasu

開花店。

小小專欄

煙火 花火 hanabi		圓扇 うちわ uchiwa	
剉冰 カキ氷 kakigoori		暑間問候（的信） 暑中お見舞い shochuu-o-mimai	
浴衣 浴衣 yukata		慶典 祭り matsuri	

這是 □ 。

これは＋名詞＋です。

kore wa　　　　　　desu

哥哥 あに 兄 ani		姉姉 あね 姉 ane	
妹妹 いもうと 妹 imooto		弟弟 おとうと 弟 otooto	
祖父 そ ふ 祖父 sofu		祖母 そ ぼ 祖母 sobo	
父親 ちち 父 chichi		母親 はは 母 haha	
伯伯、叔叔 お じ 叔父 oji		伯母、阿姨 お ば 叔母 oba	
我 わたし 私 watashi		丈夫 おっと 夫 otto	
兒子 むす こ 息子 musuko		妻子 つま 妻 tsuma	
女兒 むすめ 娘 musume			

例句

この人は誰ですか？ kono hito wa dare desuka	這個人是誰？
弟が一人います。 otooto ga hitori imasu	我有一個弟弟。
弟は私より二歳下です。 otooto wa watashi yori nisai shita desu	弟弟比我小兩歲。
私は一人っ子です。 watashi wa hitorikko desu	我是獨生子。
兄弟は二人います。 kyoodai wa futari imasu	我有兩個兄弟(姊妹)。
これは、兄と姉です。 kore wa ani to ane desu	這是我哥哥和姊姊。
父と母です。 chichi to haha desu	這是我父母。
これはうちの娘です。 kore wa uchi no musume desu	這是我女兒。

小小專欄　　十二生肖－十二支（一）

鼠 ね ne		牛 うし ushi	
虎 とら tora		兔 う u	
龍 たつ tatsu		蛇 み mi	

例句

兄はセールスマンです。 ani wa seerusu-man desu	哥哥是行銷員。
お兄さんの会社はどちらですか。 onii-san no kaisha wa dochira desuka	你哥哥在哪家公司上班？
ABC自動車です。 eebiishii jidoo-sha desu	ABC汽車。
妹さんのお仕事は。 imooto-san no oshigoto wa	你妹妹從事什麼工作？
会社で秘書をしています。 kaisha de hisho o shite imasu	當公司秘書。
フリーターです。 furiitaa desu	打零工的。

十二生肖―十二支（二）

小小專欄

馬 うま uma		羊 ひつじ hitsuji	
猴 さる saru		雞 とり tori	
狗 いぬ inu		豬 い i	

公司。

名詞 + の会社です。
かいしゃ
no kaisha desu

汽車 くるま 車 kuruma		鞋子 くつ 靴 kutsu	
食品 しょく ひん 食品 shokuhin		葡萄酒 ワイン wain	
製造機器 き かい せいぞう 機械製造 kikai-seezoo		藥品 くすり 薬 kusuri	
旅行 りょこう 旅行 ryokoo		通路（商品） りゅう つう 流通 ryuutsuu	
電腦 コンピューター konpyuutaa		電器機器 でん き き き 電気機器 denki-kiki	

我姊姊 ___ 。

あね
姉は＋形容詞＋**です。**
ane wa　　　　　　　desu

活潑 あか 明るい akarui		有一點性急 すこ　たん き 少し短気 sukoshi tanki	
溫柔 やさしい yasashii		頑固 がん こ 頑固 ganko	
可愛 かわいい kawaii		好強 き　つよ 気が強い ki ga tsuyoi	
一絲不苟 き ちょう めん 几帳面 kichoomen		爽朗 よう き 陽気 yooki	
朝氣蓬勃 げん き 元気 genki		風趣 おもしろい omoshiroi	
樂天、慢條斯理 のんき nonki			

例句

姉はけちではありません。
ane wa kechi dewa arimasen

姉姊不小氣。

姉は友だちが多いです。
ane wa tomodachi ga ooi desu

姊姊朋友很多。

姉は彼氏がいません。
ane wa kareshi ga imasen

姊姊沒有男朋友。

姉は映画が好きです。
ane wa eega ga suki desu

我姊姊喜歡看電影。

姉はお酒を飲みます。
ane wa o-sake o nomimasu

我姊姊會喝酒。

姉は東京に住んでいます。
ane wa tookyoo ni sunde imasu

我姊姊住在東京。

姉は一人暮らしです。
ane wa hitori-gurashi desu

我姊姊一個人住。

小小專欄

日本錢
日本のお金だ！

一日圓
一円
ichi-en

五日圓 五円 go-en	十日圓 十円 juu-en	五十日圓 五十円 gojuu-en
一百日圓 百円 hyaku-en	五百日圓 五百円 gohyaku-en	一千日圓 千円 sen-en
兩千日圓 二千円 nisen-en	五千日圓 五千円 gosen-en	一萬日圓 一万円 ichiman-en

1 今天真熱

T1-29

今天 ☐ 。

今日は＋形容詞＋ですね。
きょう
kyoo wa　　　　　　　　desuna

熱 あつ 暑い atsui		溫暖 あたた 暖かい atatakai	
涼爽 すず 涼しい suzusii		冷 さむ 寒い samui	

潮濕的 しめ 湿っぽい shimeppoi	多雨 あめ 雨がち ame-gachi	多雲 くもりがち kumori-gachi

例句

今日はいい天気ですね。 きょう　　　てん き kyoo wa ii tenki desune	今天是好天氣。
雨が降っています。 あめ　　ふ ame ga futte imasu	正在下雨。
朝は晴れていました。 あさ　　は asa wa harete imashita	早上是晴天。
雲が多いです。 くも　　おお kumo ga ooi desu	雲層很厚。
風が強いです。 かぜ　　つよ kaze ga tsuyoi desu	風很強。
午後は雨が降るそうです。 ご ご　　あめ　ふ gogo wa ame ga furu soo desu	據說下午好像會下雨。
明日は台風が来ます。 あした　たいふう　き ashita wa taifu ga kimasu	明天有颱風。

2 東京天氣如何 T1-30

東京的 ▓▓ 如何？

東京の＋四季＋はどうですか。
tookyoo no　　　　　wa doo desuka

春天 春 haru		夏天 夏 natsu	
秋天 秋 aki		冬天 冬 fuyu	

例句

東京の夏は暑いです。 tookyoo no natsu wa atsui desu	東京夏天很熱。
でも、冬は寒いです。 demo, fuyu wa samui desu	但是冬天很冷。
あなたの国はどうですか。 anata no kuni wa doo desuka	你的國家怎麼樣？
私の国は、いつも暑いです。 watashi no kuni wa itsumo atsui desu	我的國家一直都很熱。
雨がたくさん降ります。 ame ga takusan furimasu	下很多雨。
北海道の夏はどうですか。 hokkaidoo no natsu wa doo desuka	北海道的夏天呢？
涼しいです。 suzushii desu	很涼快。

51

3 明天會下雨吧

 T1-31

明天會 ▢ 吧！

<ruby>明日<rt>あした</rt></ruby>は ＋ 名詞 ＋ でしょう。
ashita wa   deshoo

| 晴天
は
晴れ
hare | | 陰天
くも
曇り
kumori | |
| 下雪
ゆき
雪
yuki | | 下雨
あめ
雨
ame | |

| 晴時多雲
晴れ時々曇り
hare tokidoki kumori | 多雲短陣雨
曇り時々にわか雨
kumori tokidoki niwaka ame | 晴後多雲
晴れのち曇り
hare nochi kumori |

例句

<ruby>明日<rt>あした</rt></ruby>は<ruby>雨<rt>あめ</rt></ruby>でしょう。
ashita wa ame deshoo

明天會下雨吧！

<ruby>明日<rt>あした</rt></ruby>は<ruby>一日中<rt>いちにちじゅう</rt></ruby><ruby>暖<rt>あたた</rt></ruby>かいでしょう。
ashita wa ichinichijuu atatakai deshoo

明天一整天都很溫暖吧！

<ruby>今晩<rt>こんばん</rt></ruby>の<ruby>天気<rt>てんき</rt></ruby>はどうでしょう。
konban no tenki wa doo deshoo

今晚天氣不知道如何？

<ruby>今晩<rt>こんばん</rt></ruby>は、いい<ruby>天気<rt>てんき</rt></ruby>でしょう。
konban wa ii tenki deshoo

今晚天氣不錯吧！

<ruby>明日<rt>あした</rt></ruby>も<ruby>晴<rt>は</rt></ruby>れですか。
ashita mo hare desuka

明天也是晴天嗎？

<ruby>来週<rt>らいしゅう</rt></ruby>はいい<ruby>天気<rt>てんき</rt></ruby>が<ruby>続<rt>つづ</rt></ruby>くでしょう。
raishuu wa ii tenki ga tsuzuku deshoo

下星期都會是好天氣吧！

<ruby>週末<rt>しゅうまつ</rt></ruby>は<ruby>暑<rt>あつ</rt></ruby>くなるでしょう。
shuumatsu wa atsuku naru deshoo

週末天氣會轉熱吧！

4 東京8月天氣如何 T1-32

□的□如何？

地名＋の＋月＋はどうですか。
no wa doo desuka

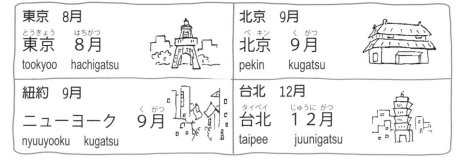

東京 8月	北京 9月
東京 ８月 とうきょう はちがつ tookyoo hachigatsu	北京 ９月 ペキン くがつ pekin kugatsu
紐約 9月	台北 12月
ニューヨーク ９月 くがつ nyuuyooku kugatsu	台北 １２月 タイペイ じゅうにがつ taipee juunigatsu

□如何？

地名＋はどうですか。
wa doo desuka

香港 ホンコン 香港 honkon	夏威夷 ハワイ hawai
長野 なが の 長野 nagano	秋田 あき た 秋田 akita
函館 はこだて 函館 hakodate	日光 にっこう 日光 nikkoo
京都 きょう と 京都 kyooto	奈良 なら 奈良 nara
大阪 おおさか 大阪 oosaka	沖縄 おきなわ 沖縄 okinawa

吃 ☐ 。

食物 ＋ を食べます。
o tabemasu

麵包 パン pan		粥 お粥 (かゆ) o-kayu	
飯 ご飯 (はん) go-han		蛋糕 ケーキ keeki	

豆沙包 お饅頭 (まんじゅう) o-manjuu	沙拉 サラダ sarada	三明治 サンドイッチ sandoicchi

例句

朝 (あさ) ご飯 (はん) は家 (いえ) で食 (た) べます。
asagohan wa ie de tabemasu
早餐在家吃。

パンとサラダを食 (た) べました。
pan to sarada o tabemashita
吃了麵包和沙拉。

時々 (ときどき) おかゆを食 (た) べます。
tokidoki o-kayu o tabemasu
偶爾吃粥。

コーヒーだけ飲 (の) みます。
koohii dake nomimasu
只喝咖啡。

朝 (あさ) ご飯 (はん) は食 (た) べません。
asagohan wa tabemasen
不吃早餐。

2 我喝果汁  T1-34

喝￼。

飲料＋を飲みます。
o nomimasu

牛奶 ぎゅうにゅう 牛乳 gyuunyuu		果汁 ジュース juusu	
可樂 コーラ koora		啤酒 ビール biiru	
礦泉水 ミネラルウォーター mineraru-uootaa		紅茶 こうちゃ 紅茶 koocha	
咖啡 コーヒー koohii		可可亞 ココア kokoa	

例句

你喜歡喝紅茶嗎？
こうちゃ　す
紅茶は好きですか。
koocha wa suki desuka

加牛奶嗎？
　　　　　い
ミルクを入れますか。
miruku o iremasuka

喝咖啡不加牛奶跟糖。
　　　　　　　　　　　の
コーヒーをブラックで飲みます。
koohii o burakku de nomimasu

喝豆漿。
とうにゅう　の
豆乳を飲みます。
toonyuu o nomimasu

喜歡喝酒。
　さけ　す
お酒が好きです。
o-sake ga suki desu

常喝葡萄酒。
　　　　　　の
よくワインを飲みます。
yoku wain o nomimasu

和朋友一起喝啤酒。
ともだち　いっしょ　　　　　の
友達と一緒にビールを飲みます。
tomodachi to issho ni biiru o nomimasu

做　　嗎
運動＋をしますか。
o shimasuka

網球 テニス tenisu		游泳 水泳 (すいえい) suiee	
滑雪 スキー sukii		籃球 バスケットボール basuketto-booru	
高爾夫 ゴルフ gorufu		棒球 野球 (やきゅう) yakyuu	
沖浪 サーフィン saafin		乒乓球 ピンポン pinpon	
足球 サッカー sakkaa		羽毛球 バドミントン badominton	
釣魚 つり tsuri		爬山 登山 (とざん) tozan	
保齡球 ボーリング booringu		滑板 スケートボード sukeeto-boodo	
慢跑 ジョギング jogingu			

例句

週 二回スポーツをします。 shuu nikai supootsu o shimasu	一星期做兩次運動。
時々ボーリングをします。 tokidoki booringu o shimasu	有時打保齡球。
よく公園を散歩します。 yoku kooen o sanpo shimashu	常去公園散步。
プールへ泳ぎに行きます。 puuru e oyogi ni ikimasu	去游泳池游泳。
毎日ジョギングをします。 mainichi jogingu o shimasu	每天慢跑。
よくテニスをします。 yoku tenisu o shimasu	我常打網球。
ゴルフはあまりしません。 gorufu wa amari shimasen	我不常打高爾夫球。
みんなで野球をしましょうか。 minna de yakyuu o shimashooka	我們一起打棒球吧！
山登りに行きたいです。 yama-nobori ni ikitai desu	我想去爬山。
今度一緒に山登りに行きましょう。 kondo issho ni yama-nobori ni ikimashoo	下回我們一起去爬山吧！
いいですね。行きましょう。 ii desune.ikimashoo	好啊！一起去啊！

你假日做什麼？

Q：休みの日は何をしますか。
yasumi no hi wa nani o shimasuka

看 ▢▢。

A：名詞＋を見ます。
o mimasu

電視 テレビ terebi	職業棒球 プロ野球 poro-yakyuu
書 本 hon	狗 犬 inu
電影 映画 eega	繪畫 絵 e
錄影帶 ビデオ bideo	日本電影 日本映画 nihon-eega
法國電影 フランス映画 furansu-eega	

例句

彼氏とデートします。 kareshi to deeto shimasu	和男朋友約會。
友達とワイワイやります。 tomodachi to waiwai yarimasu	和朋友說說笑笑。
カラオケで歌を歌います。 karaoke de uta o utaimasu	在卡拉OK唱歌。
みんなで飲みに行きます。 minna de nomi ni ikimasu	跟大家去喝酒。
部屋で本を読みます。 heya de hon o yomimasu	在房間看書。
一人で音楽を聞きます。 hitori de ongaku o kikimasu	獨自一個人聽音樂。
母と映画に行きます。 haha to eega ni ikimasu	跟媽媽去看電影。
友だちと買い物をします。 tomodachi to kaimono o shimasu	跟朋友去買東西。
みんなで野球をします。 minna de yakyuu o shimasu	跟大家一起打棒球。
子どもたちと遊びます。 kodomo-tachi to asobimasu	跟小孩們玩。
公園で散歩をします。 kooen de sanpo o shimasu	在公園散步。

喜歡 ▢ 。
運動 + が好きです。
ga suki desu

高崖跳傘 パラグライダー paraguraidaa		滑雪板 スノーボート sunoobooto	
風帆沖浪 ウィンドサーフィン uindo-saafin		足球 サッカー sakkaa	
跳舞 ダンス dansu		有氧舞蹈 エアロビクス earo-bikusu	
棒球 や きゅう 野 球 yakyuu		柔道 じゅうどう 柔 道 judoo	
游泳 すいえい 水泳 suiee		騎馬 じょう ば 乗 馬 jooba	
浮潛 スキューバダイビング sukyuuba-daibingu		騎腳踏車 サイクリング saikuringu	
釣魚 つ 釣り tsuri		相撲 す もう 相撲 sumoo	
獨木舟 カヌー kanuu		泛舟 ラフティング rafutingu	

例句

どんなスポーツが好きですか。 donna supootsu ga suki desuka	你喜歡什麼樣的運動？
よく水泳をします。 yoku suiee o shimasu	我經常游泳。
スポーツ観戦が好きです。 supootsu-kansen ga suki desu	喜歡看運動節目。
相撲は見ますか。 sumoo wa mimasuka	你看相撲嗎？
週二回ジョギングをします。 shuu nikai jogingu o shimasu	一星期慢跑兩次。
時々山登りに行きます。 tokidoki yama-nobori ni ikimasu	偶爾去爬山。
いつもプールで泳ぎます。 itsumo puuru de oyogimasu	我都去游泳池游泳。
友だちとスカッシュをします。 tomodachi to sukkashu o shimasu	跟朋友打壁球。

日本的節慶活動—日本の行事（一）

小小專欄

過年 しょうがつ お正月 o-shoogatsu	成人禮 せいじんしき 成人式 seejin-shiki
季節轉換期（立春、立夏、立秋、立冬） せつぶん 節分 setsubun	女兒節 ひなまつ 雛祭り hina-matsuri

您的興趣是什麼？

Q：ご趣味は何ですか。
しゅみ　なん
go-shumi wa nan desuka

我的興趣是 ⬜ 。

A：名詞（を…）＋動詞＋ことです。
　　o　　　　　　　　　kotodesu

做菜 りょうり つく 料理を作る ryoori o tsukuru	騎腳踏車 サイクリングをする saikuringu o suru
聽音樂 おんがく き 音楽を聞く ongaku o kiku	畫畫 え か 絵を描く e o kaku
看書 ほん よ 本を読む hon o yomu	旅行 りょこう 旅行をする ryokoo o suru
看電影 えいが み 映画を見る eega o miru	釣魚 つ 釣りをする tsuri o suru
拍照 しゃしん と 写真を撮る shashin o toru	插花 い ばな 生け花をする ikebana o suru
爬山 やま のぼ 山に登る yama ni noboru	到海邊游泳 うみ およ 海で泳ぐ umi de oyogu
到卡拉OK唱歌 うた カラオケで歌う karaoke de utau	聊天 おしゃべりをする oshaberi o suru
下棋 しょうぎ 将棋をする shoogi o suru	寫小說 しょうせつ か 小説を書く shoosetsu o kaku

很會 ▨ 。

嗜好 ＋ が上手ですね。
じょうず
ga joozu desune

唱歌 うた 歌 uta		園藝 ガーデニング gaadiningu	
潛水 ダイビング daibingu		吉他 ギター gitaa	
鋼琴 ピアノ piano		書法 しゅうじ 習字 shuuji	
手工藝 しゅげい 手芸 shugee		料理 りょうり 料理 ryoori	
足球 サッカー sakkaa		電腦 パソコン pasokon	
游泳 すいえい 水泳 suiee		跳舞 ダンス dansu	

1 我是2月4日生的 T1- 39

我的生日是▮▮▮▮▮。

わたし　たんじょうび
私の誕生日は＋月日＋です。
watashi no tanjoobi wa　　　　　desu

1月20號 いちがつ　はつか 1 月 20日 ichigatsu hatsuka		2月4號 にがつ　よっ か 2月 4 日 nigatsu yokka	
3月7號 さんがつ　なの か 3 月 7 日 sangatsu nanoka		4月24號 しがつ　にじゅうよっか 4月 2 4 日 shigatsu nijuuyokka	
5月2號 ごがつ　ふつ か 5月 2 日 gogatsu futsuka		6月9號 ろくがつ　ここのか 6 月 9 日 rokugatsu kokonoka	
7月10號 しちがつ　とお か 7 月 10 日 shichigatsu tooka		8月8號 はちがつ　ようか 8 月 8 日 hachigatsu yooka	
9月1號 くがつ　ついたち 9 月 1 日 kugatsu tsuitachi		10月19號 じゅうがつ　じゅうくにち 10月 19 日 juugatsu juukunichi	
11月14號 じゅういちがつ　じゅうよっか 1 1 月　 1 4 日 juuichigatsu juuyokka		12月10號 じゅうにがつ　とお か 1 2 月 10 日 juunigatsu tooka	

例句

お誕生日はいつですか。
o-tanjoobi wa itsu desuka
您的生日是什麼時候？

誕生日は来月です。
tanjoobi wa raigetsu desu
我生日是下個月。

あなたのお誕生日は。
anata no o-tanjoobi wa
你的生日呢？

7月7日です。
shichigatsu nanoka desu
7月7日。

12月生まれです。
juunigatsu umare desu
我12月出生。

なに年ですか。
nani toshi desuka
屬什麼的？

ねずみ年です。
nezumi toshi desu
我屬鼠。

何年生まれですか。
nannen umare desuka
幾年生的？

好用單字

完美主義 完璧主義 kanpeki-shugi		勤勞 勤勉 kinben
誠實 誠実 seejitsu	端莊 しとやか shitoyaka	樂天派 楽天家 rakutenka
固執 いじっぱり ijippori	爽快 快活 kaikatsu	愛哭 泣き虫 nakimushi

我是◼◼星座。

わたし
私は＋星座＋です。
watashi wa　　　　　desu

水瓶座 みずがめざ 水瓶座 mizugame-za		獅子座 ししざ 獅子座 shishi-za	
牡羊座 おひつじざ 牡羊座 ohitsuji-za		金牛座 おうしざ 牡牛座 oushi-za	

處女座 おとめざ 乙女座 otome-za		天秤座 てんびんざ 天秤座 tenbin-za		射手座 いてざ 射手座 ite-za	

◼◼是什麼樣的個性？
せいかく
星座＋はどんな性格ですか。
wa donna seekaku desuka

雙子座 ふたござ 双子座 futago-za		巨蟹座 かにざ 蟹座 kani-za	
雙魚座 うおざ 魚座 uo-za		天蠍座 さそりざ 蠍座 sasori-za	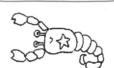
魔羯座 やぎざ 山羊座 yagi-za		處女座 おとめざ 乙女座 otome-za	

3 射手座很活潑 T1-41

獅子座(の人)は明るいです。
shishi-za (no hito) wa akarui desu

獅子座很活潑。

天秤座は女優が多いです。
tenbin-za wa jouu ga ooi desu

天秤座出很多女演員。

魚座は芸術的才能があります。
uo-za wa geejutsu-teki sainoo ga arimasu

雙魚座很有藝術天份。

山羊座はお金に困らないです。
yagi-za wa okane ni komaranai desu

魔羯座不缺錢。

星座から見ると二人は合いますよ。
seeza kara miru to futari wa aimasuyo

從星座來看兩個人很適合。

山羊座と乙女座は相性がいいです。
yagi-za to otome-za wa aishoo ga ii desu

魔羯座跟處女座很合。

水瓶座はクールです。
mizugame-za wa kuuru desu

水瓶座很冷靜。

天秤座はバランスに優れています。
tenbin-za wa baransu ni sugurete imasu

天秤座很有平衡感。

蟹座は感情が豊かです。
kani-za wa kanjoo ga yutaka desu

巨蟹座感情很豐富。

射手座は明るい性格です。
ite-za wa akarui seekaku desu

射手座個性很活潑。

蠍座は意志が強いです。
sasori-za wa ishi ga tsuyoi desu

天蠍座意志力很強。

乙女座は優しいです。
otome-za wa yasashii desu

處女座很溫柔。

牡羊座はどんな性格ですか。
ohitsuji-za wa donna seekaku desuka

牧羊座是什麼個性呢？

將來我想當 ＿＿ 。

しょうらい
将来＋名詞＋になりたいです。
shoorai　　　　　　ni naritai desu

歌手 か しゅ 歌手 kashu		醫生 い しゃ 医者 isha	
老師 せんせい 先生 sensee		看護人員 かん ご し 看護士 kangoshi	
導遊 ツアーガイド tsuaa-gaido		模特兒 モデル moderu	
運動選手 せんしゅ スポーツ選手 supootsu-senshu		女演員 じょゆう 女優 joyuu	
社長 しゃちょう 社 長 shachoo		作家 さっ か 作家 sakka	
上班族 かいしゃいん 会社員 kaishain		工程師 エンジニア enjinia	
研究員 けんきゅういん 研 究 員 kenkyuuin		翻譯員 つうやく 通訳 tsuuyaku	

例句

将来、何になりたいですか。 しょうらい なに shoorai,nani ni naritai desuka	以後想做什麼？
どうしてですか。 dooshite desuka	為什麼？
歌が好きだからです。 うた す uta ga suki da kara desu	因為喜歡唱歌。
どんな仕事をしたいですか。 しごと donna shigoto o shitai desuka	你想從事什麼工作？
貿易の仕事がやりたいです。 ぼうえき しごと booeki no shigoto ga yaritai desu	我想從事貿易工作。
やりがいがあるからです。 yarigai ga aru kara desu	因為很有挑戰性。
面白そうだからです。 おもしろ omoshiro soo da kara desu	因為很有趣的樣子。
自分の会社を持ちたいです。 じぶん かいしゃ も jibun no kaisha o mochitai desu	我想開公司。

小小專欄 日本的節慶活動—日本の行事（二）
にほん ぎょうじ

端午節 たんご せっく 端午の節句 tango no sekku		七夕 たなばた 七夕 tanabata	
盂蘭盆會 ぼん お盆 o-bon		聖誕節 クリスマス kurisumasu	

你現在最想要什麼？

Q：今、何がほしいですか。

ima, nani ga hoshii desuka

想要 ⬚ 。

A：名詞＋がほしいです。

ga hoshii desu

朋友 とも 友だち tomodachi		時間 じ かん 時間 jikan	
錢 かね お金 okane		情人 こいびと 恋人 koibito	
車 くるま 車 kuruma		筆記型電腦 ノートパソコン nooto-pasokon	
脚踏車 じ てんしゃ 自転車 jitensha		機車 バイク baiku	
房子 いえ 家 ie		鑽石 ダイヤモンド daiyamondo	
戒指 ゆび わ 指輪 yubiwa		手提包 ハンドバッグ handobaggu	
旅費 りょこう し きん 旅行資金 ryokoo-shikin			

例句

なぜ、お金がほしいですか。 naze,o-kane ga hoshii desuka	為什麼想要錢？
もっと勉強したいからです。 motto benkyoo shitai kara desu	因為想再多唸書。
旅行したいからです。 ryokoo shitai kara desu	因為想旅行。
留学したいからです。 ryuugaku shitai kara desu	因為我想留學。
どうして、車がほしいですか。 dooshite, kuruma ga hoshii desuka	為什麼想要車子。
彼女とデートしたいからです。 kanojo to deeto shitai kara desu	因為我想跟女友約會。
便利だからです。 benri dakara desu	因為方便。
どんな家がほしいですか。 donna ie ga hosii desuka	你想要什麼樣的房子。
ボルボの車がほしいです。 borubo no kuruma ga hoshii desu	我想要VOLVO車。
今、友達が一番ほしいです。 ima,tomodachi ga ichiban hoshii desu	現在，我最想要朋友。
一緒にいると楽しいからです。 issho ni iru to tanoshii kara desu	因為在一起感到很快樂。

3 將來我想住鄉下的透天厝 ● T1-44

將來想住什麼樣的房子？

Q：将来、どんな家に住みたいですか。

しょうらい　　　　いえ　　　す

shoorai, donna ie ni sumitai desuka

想住 ██ 。

A：名詞 ＋ に住みたいです。

す

ni sumitai desu

很大的房子 おお　いえ **大きな 家** ooki na ie		高級公寓 **マンション** manshon	
別墅 べっそう **別荘** bessoo		透天厝 いっこ　だ **一戸建て** ikkodate	
有院子的房子 にわ　つ　　いえ **庭付きの家** niwa-tsuki no ie		可愛的家 いえ **かわいい家** kawaii ie	
郊外的房子 こうがい　　いえ **郊外の家** koogai no ie		鄉下的透天厝 いなか　　いっけん　や **田舎の一軒家** inaka no ikkenya	
原木小木屋 **ログハウス** rogu-hausu			

想住什麼樣的城鎮？

Q：どんな町に住みたいですか。
donna machi ni sumitai desuka

想住 ☐ 的城鎮。

A：形容詞＋町に住みたいです。
machi ni sumitai desu

朝氣蓬勃 明るい akarui	很多綠地的地方 緑の多い midori no ooi
安靜的 静かな shizuka na	古意盎然的 古い furui
恬靜的 穏やかな odayaka na	熱鬧 にぎやかな nigiyaka na
乾淨的 清潔な seeketsu na	空氣好的 空気のいい kuuki no ii
摩登的 モダンな modan na	方便的 便利な benri na
孩子很多的 子どもの多い kodomo no ooi	

____在哪裡？
名詞＋はどこですか。
wa doko desuka

我的座位 わたし せき 私の席 watashi no seki		商務客艙 ビジネスクラス bijinesu-kurasu	
洗手間 トイレ toire		雜誌 ざっし 雑誌 zasshi	
緊急出口 ひじょうぐち 非常口 hijoo-guchi	EXIT	機場 くうこう 空港 kuukoo	耳機 イヤホーン iyahoon	

例句

行李放不進去。
にもつ はい
荷物が入りません。
nimotsu ga hairimasen

幾點到達？
とうちゃく なんじ
到着は何時ですか。
toochaku wa nanji desuka

請借我過。
とお
通してください。
tooshite kudasai

有中文報嗎？
ちゅうごくご しんぶん
中国語の新聞はありますか。
chuugokugo no shinbun wa arimasuka

我想換座位。
せき か
席を替えてほしいです。
seki o kaete hoshii desu

可以給我果汁嗎？
ジュースをもらえますか。
juusu o moraemasuka

可以將椅背倒下嗎？
せき たお
席を倒してもいいですか。
seki o taoshitemo ii desuka

麻煩幫我掛外套。
ねが
コートをお願いします。
kooto o onegai shimasu.

2　我要雞肉 T1- 46

請給我▢▢▢。

名詞＋をください。
o kudasai

牛肉 ビーフ biifu	雞肉 チキン chikin	
毛毯 もうふ 毛布 moofu	魚 さかな 魚 sakana 	
枕頭 まくら 枕 makura	葡萄酒 ワイン wain	暈車藥 よ　ど　ぐすり 酔い止め薬 yoidome-gusuri
啤酒 ビール biiru	報紙 しんぶん 新聞 shinbun	水 みず お水 omizu

有▢▢▢嗎？

名詞＋はありますか。
wa arimasuka

入境卡 にゅうこく 入国カード nyuukoku-kaado	感冒藥 か　ぜ　ぐすり 風邪薬 kaze-gusuri 	
英文雜誌 えい　ご　ざっし 英語の雑誌 eego no zasshi	日本報紙 に　ほん　しんぶん 日本の新聞 nihon no shinbun	溫的飲料 あたた　の　もの 温かい飲み物 atatakai nomimono

例句

請再給我一杯。
もう一杯ください。
moo ippai kudasai

是免費的嗎？
無料ですか。
muryoo desuka

我身體不舒服。
気分が悪いです。
kibun ga warui desu

什麼時候到達？
いつ着きますか。
itsu tsukimasuka

再20分鐘。
あと20分です。
ato nijuppun desu

現在我們在哪裡？
今、どのへんですか。
ima, dono hen desuka

請給我飲料。
飲み物をください。
nomimono o kudasai

我肚子疼。
おなかが痛いです。
o-naka ga itai desu

感到寒冷。
寒いです。
samui desu

想看錄影帶。
ビデオが見たいです。
bideo ga mitai desu

好用單字

雑誌 雑誌 zasshi	耳機 イヤホーン iyahoon	香煙 タバコ tabako
葡萄酒 ワイン wain	機艙內販賣 機内販売 kinai-hanbai	免税商品 免税品 menzee-hin
型録 カタログ katarogu	圍巾 スカーフ sukaafu	香水 香水 koosui

4 我來觀光的 T1-48

旅行目的為何？
Q：旅行の目的は何ですか。
りょこう もくてき なん
ryokoo no mokuteki wa nan desuka

是 ___ 。
A：名詞＋です。
desu

觀光 かんこう 観光 kankoo		留學 りゅうがく 留学 ryuugaku
出差 しゅっちょう 出張 shucchoo	工作 し ごと 仕事 shigoto	商務 ビジネス bijinesu
探親 しんぞくほうもん 親族訪問 shinzoku-hoomon	會議 かい ぎ 会議 kaigi	探訪朋友 ち じんほうもん 知人訪問 chijin-hoomon

你的職業是？
職 業は何ですか。
しょくぎょう なん
shokugyoo wa nan desuka

學生。 がくせい 学生です。 gakusee desu	上班族。 サラリーマンです。 sarariiman desu
我是主婦。 しゅ ふ 主婦です。 shufu desu	我是醫生。 い しゃ 医者です。 isha desu
粉領族。 オーエル OL です。 ooeru desu	我是公司職員。 かいしゃいん 会社員です。 kaisha-in desu
我是公司負責人。 けいえいしゃ 経営者です。 keeee-sha desu	

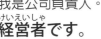

77

5　我要待五天　 T1-49

要住在哪裡？
Q:どこに滞在しますか。
doko ni taizai shimasuka

A:名詞＋です。
desu

○○飯店 ○○ホテル hoteru 	朋友家 友人の家（ゆうじん　いえ） yuujin no ie	
○○旅館 ○○旅館（りょかん） ryokan	留學生宿舍 留学生 宿舎（りゅうがくせい　しゅくしゃ） ryuugakusee-shukusha	
兒子的家 息子の家（むすこ　いえ） musuko no ie	○○民宿 ○○民宿（みんしゅく） minshuku	同事的家 同僚の家（どうりょう　いえ） dooryoo no ie

要待幾天？
Q:何日滞在しますか。（なんにちたいざい）
nannichi taizai shimasuka

A:期間＋です。
desu

一個月 一ヶ月（いっかげつ） ikkagetsu	十天 10日間（とおかかん） tooka kan 
三天 三日（みっか） mikka	五天 五日間（いつかかん） itsukakan
一星期 一週間（いっしゅうかん） isshuukan	兩星期 二週間（にしゅうかん） nishuukan

大約兩個月 約2ヶ月（やくにかげつ） yaku nikagetsu

6 這是日常用品 T1-50

請 ____ 。

動詞＋ください。
kudasai

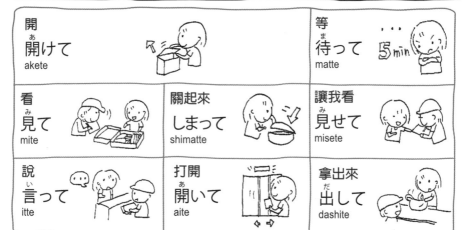

開 あ 開けて akete	等 ま 待って matte
看 み 見て mite	關起來 しまって shimatte	讓我看 み 見せて misete
說 い 言って itte	打開 あ 開いて aite	拿出來 だ 出して dashite

這是什麼？
Q：これは何ですか。
kore wa nan desuka

是 ____ 。
A：名詞＋です。
desu

日常用品 にちじょうひん 日常品 nichijoohin	衣服 ようふく 洋服 yoofuku	相機 カメラ kamera	禮物 プレゼント purezento
香煙 タバコ tabako	日本酒 に ほんしゅ 日本酒 nihon-shu	名產 み やげ お土産 omiyage	洗臉用具 せんめん ぐ 洗面具 senmen-gu
筆記用具 ひっ き ようぐ 筆記用具 hikki-yoogu	絲巾 スカーフ sukaafu	感冒藥 か ぜ ぐすり 風邪薬 kaze-gusuri	字典 じ しょ 辞書 ji sho

7 麻煩我到台北 🎧 T1-51

麻煩我到　　　　。
場所＋までお願いします。
made onegai shimasu

台北（タイペイ）台北 taipee	日本（にほん）日本 nihon	香港（ホンコン）香港 honkon
北京（ペキン）北京 pekin	大阪（おおさか）大阪 oosaka	巴黎 パリ pari

倫敦 ロンドン rondon	羅馬 ローマ rooma	曼谷 バンコク bankoku	上海（シャンハイ）上海 shanhai

例句

日本航空櫃檯在哪裡？
日本航空のカウンターはどこですか。
nihonkookuu no kauntaa wa doko desuka

我要辦登機手續。
チェックインします。
chekkuin shimasu

是經濟艙。
エコノミークラスです。
ekonomii-kurasu desu

是商務艙。
ビジネスクラスです。
bijinesu-kurasu desu

是全部禁煙嗎
全部禁煙ですか。
zenbu kinen desuka

有行李要寄放嗎？
預かる荷物はありますか。
azukaru nimotsu wa arimasuka

有靠窗的座位嗎？
窓側の席はありますか。
madogawa no seki wa arimasuka

我要靠走道的。
通路側がいいです。
tuuro-gawa ga ii desu

80

8 我要換日幣 T1-52

請□□□□。

名詞＋してください。
site kudasai

兌換外幣 りょうがえ 両替 ryoogae		簽名 サイン sain	
確認 かくにん 確認 kakunin		換（錢） チェンジ chenji	

例句

にほんえん
日本円に。
nihonen ni

換成日圓

ご まんえん りょうがえ
５万円両替してください。
gomanen ryoogaeshite kudasai

請換成五萬日圓。

こぜに ま
小銭も混ぜてください。
kozeni mo mazete kudasai

也請給我一些零錢。

み
パスポートを見せてください。
pasupooto o misete kudasai

請讓我看一下護照。

ねが
ここにサインをお願いします。
koko ni sain o onegai shimasu

麻煩您在這裡簽名。

これでいいですか。
korede ii desuka

這樣可以嗎？

例句

給我一張電話卡。
テレホンカード一枚（いちまい）ください。
terehonkaado ichimai kudasai

喂，我是台灣的小李。
もしもし、台湾（タイワン）の李（り）です。
moshi moshi,taiwan no ri desu

陽子小姐在嗎？
陽子（ようこ）さんはいらっしゃいますか。
yooko-san wa irasshaimasuka

我剛到日本。
ただいま、日本（にほん）に着（つ）きました。
tadaima,nihon ni tsukimashita

那麼就在新宿車站見面吧！
では、新宿駅（しんじゅくえき）で会（あ）いましょう。
dewa shinjuku-eki de aimashoo

在哪裡碰面好呢？
どこで会（あ）いましょうか。
doko de aimashooka

知道南口在哪裡嗎？
南口（みなみぐち）はわかりますか。
minami-guchi wa wakarimasuka

搭成田Express去。
成田（なりた）エクスプレスで行（い）きます。
narita-ekusupuresu de ikimasu

在JR的剪票口等你。
ＪＲ（ジェーアール）の改札口（かいさつぐち）で待（ま）っています。
JR no kaisatsu-guchi de matte imasu

待會兒見。
では、また後（あと）で。
dewa, mata atode

好用單字

打電話 電話（でんわ）する denwasuru	手機 携帯電話（けいたいでんわ） keetai-denwa	留言 メッセージ messeeji 
外出中 外出中（がいしゅつちゅう） gaishutsu-chuu	不在家 留守（るす） rusu	出門 出（で）かける dekakeru
留言 伝言（でんごん） dengon	鈴聲 発信音（はっしんおん） hasshin-on	要事 ご用件（ようけん） go-yooken

10 我要寄包裏 T1-54

麻煩我寄 　　　　　。

名詞＋でお願いします。
de onegai shimasu

空運 こうくうびん 航空便 kookuubin		船運 ふなびん 船便 funabin	
掛號 かきとめ 書留 kakitome		包裏 こづつみ 小包 kozutsumi	
宅急便 たっきゅうびん 宅急便 takkyuubin		限時專送 そくたつ 速達 sokutatsu	

例句

費用多少？
りょうきん
料金はいくらですか。
ryookin wa ikura desuka

麻煩寄到台灣。
タイワン　　　　　ねが
台湾までお願いします。
taiwan made onegai shimasu

請給我明信片10張。
　　　　　じゅう まい
はがきを１０枚ください。
hagaki o juumai kudasai

哪一個便宜？
　　　　やす
どちらが安いですか。
dochira ga yasui desuka

有寄包裏的箱子嗎？
こづつみ　はこ
小包の箱はありますか。
kozutsumi no hako wa arimasuka

麻煩寄航空信。
　　　　　　　　ねが
エアメールでお願いします。
ea-meeru de onegai shimasu

大概什麼時候寄到？
　　　　　　つ
どのぐらいで着きますか。
donogurai de tsukimasuka

給我一個郵件便利袋。
　　　　　　ふくろ いちまい
ゆうパックの袋を一枚ください。
yuu-pakku no fukuro o ichimai kudasai

多少錢？
名詞（は…）＋いくらですか。
wa　　　　ikura desuka

一晩 一泊 ippaku		一個人 一人 hitori
兩張單人床房間 ツインは tsuin wa	一張雙人床房間 ダブルは daburu wa	單人床房間 シングルは shinguru wa
這個房間 この部屋は kono heya wa	總統套房 スイートルームは suiito-ruumu wa	兩個人 二人で futari de

例句

我想預約。
予約したいです。
yoyakushitai desu

那樣就可以了。
それでお願いします。
sorede onegai shimasu

有餐廳嗎？
レストランはありますか。
resutoran wa arimasuka

幾點開始住宿登記？
チェックインは何時からですか。
chekku-in wa nanji kara desuka

有附早餐嗎？
朝食はつきますか。
chooshoku wa tsukimasuka

三個人可以住同一間房間嗎？
三人一部屋でいいですか。
sannin hito-heya de ii desuka

有沒有更便宜的房間？
もっと安い部屋はありませんか。
motto yasui heya wa arimasenka

12 這巴士有到京王飯店嗎

例句

T2-1

有到○○飯店嗎？
○○ホテルへ行きますか。
hoteru e ikimasuka

下一班巴士幾點？
次のバスは何時ですか。
tsugi no basu wa nanji desuka

給我一張到新宿的票。
新宿まで一枚ください。
shinjuku made ichimai kudasai

請往右側出口出去。
右側の出口に出てください。
migigawa no deguchi ni dete kudasai

請在3號乘車處上車。
3番乗り場で乗車してください。
sanban noriba de jooshashite kudasai

我想去澀谷。
渋谷へ行きたいです。
shibuya e iki tai desu

幾號巴士站？
乗り場は何番ですか。
nori-ba wa nanban desuka

這裡有到新宿嗎？
ここは、新宿行きですか。
koko wa, shijuku yuki desuka

到東京車站要幾分鐘？
東京駅まで何分ですか。
tookyoo-eki made nanpun desuka

我想在池袋車站前下車。
池袋駅前に降りたいんですが。
ikebukuro eki-mae ni ori tain desuga

好用單字

車票 きっぷ 切符 kippu 	售票處 うりば 売り場 uriba	機場巴士 リムジンバス rimujinbasu
乘車處 のりば 乗り場 noriba	一號巴士站 いちばんのりば 1番乗り場 ichiban nori-ba	排隊 ならぶ 並ぶ narabu
往新宿 しんじゅくゆき 新宿行き shinjuku yuki	往東京車站 とうきょうえきゆき 東京駅行き tookyoo-eki yuki	東京都中心區 とない 都内 tonai

85

麻煩 ＿＿＿＿ 。

名詞＋をお願いします。
o onegai shimasu

住宿登記 チェックイン chekkuin		行李 荷物 (にもつ) nimotsu	

說明 説明 (せつめい) setsumee		簽名 サイン sain		鑰匙 鍵 (かぎ) kagi	

例句

有預約。
予約してあります。
yoyakushite arimasu

沒預約。
予約してありません。
yoyakushite arimasen

我叫李明寶。
李明宝 (リ メイホウ) といいます。
ri meehoo to iimasu

幾點退房？
チェックアウトは何時 (なんじ) ですか。
chekkuauto wa nanji desuka

麻煩刷卡。
カードでお願 (ねが) いします。
kaado de onegai shimasu

在哪裡吃早餐？
朝食 (ちょうしょく) はどこで食 (た) べますか。
chooshoku wa doko de tabemasuka

請幫我搬行李。
荷物 (にもつ) を運 (はこ) んでください。
nimotsu o hakonde kudasai

有保險箱嗎？
金庫 (きんこ) はありますか。
kinko wa arimasuka

有街道的地圖嗎？
街 (まち) の地図 (ちず) はありますか。
machi no chizu wa arimasuka

請幫我搬行李。
荷物 (にもつ) を運 (はこ) んでください。
nimotsu o hakonde kudasai

2　幫我換床單 T2-3

請 ⬛⬛⬛⬛⬛ 。

名詞＋を＋動詞＋ください。
　　　　o　　　　　kudasai

房間／更換 部屋／変えて heya　kaete		熨斗／借我 アイロン／貸して airon　kashite
行李／搬運 荷物／運んで nimotsu　hakonde	地方／告訴我 場所／教えて basho　oshiete	使用方法／教 使い方／教えて tsukai-kata　oshiete
毛巾／更換 タオル／換えて taoru　kaete	掃／打 掃除／して sooji　shite	床單／更換 シーツ／換えて shiitsu　kaete

例句

請打掃房間。
部屋を掃除してください。
heya o soojishite kudasai

鑰匙不見了。
鍵をなくしました。
kagi o nakushimashita

可以給我冰塊嗎？
氷はもらえますか。
koori wa moraemasuka

房間好冷。
部屋が寒いです。
heya ga samui desu

衣架不夠。
ハンガーが足りません。
hangaa ga tarimasen

請再給我一條毛巾。
タオルをもう一枚ください。
taoru o moo ichimai kudasai

沒有開瓶器。
栓抜きがありません。
sennuki ga arimasen

電視故障了。
テレビが壊れています。
terebi ga kowarete imasu

我要英文版報紙。
英語の新聞がほしいです。
eego no shinbun ga hoshii desu

例句

100號客房。
１００号室です。
hyaku-gooshitsu desu

我要客房服務。
ルームサービスをお願いします。
ruumu-saabisu o onegai shimasu

給我一客比薩。
ピザを一つください。
piza o hitotsu ku dasai

我要送洗。
洗濯物をお願いします。
sentakumono o onegai shimasu

早上6點請叫醒我。
朝6時にモーニングコールをお願いします。
asa rokuji ni mooningu-kooru o onegai shimasu

麻煩幫我按摩。
マッサージをお願いします。
massaaji o onegai shimasu

想預約餐廳。
レストランの予約をしたいです。
resutoran no yoyaku o shitai desu

想打國際電話。
国際電話をかけたいです。
kokusaidenwa o kaketai desu

有游泳池嗎？
プールはありますか。
puuru wa arimasuka

好用單字

床單 シーツ shiitsu	枕頭 枕 makura	開瓶器 栓抜き sennuki
毛毯 毛布 moofu	衛生紙 トイレットペーパー toirettopeepaa	洗髮精 シャンプー shanpuu
一套刷牙用具 歯磨きセット hamigaki-setto	棉被 布団 futon	吹風機 ドライヤー doraiyaa
潤絲精 リンス rinsu	淋浴 シャワー shawaa	小刀 ナイフ naifu

4 我要退房 🔘 T2-5

例句

我要退房。
チェックアウトします。
chekkuauto shimasu

這是什麼？
これは何<ruby>何<rt>なん</rt></ruby>ですか。
kore wa nan desuka

沒有使用迷你吧。
ミニバーは<ruby>利用<rt>りよう</rt></ruby>していません。
minibaa wa riyooshite imasen

麻煩確認一下。
<ruby>確認<rt>かくにん</rt></ruby>を<ruby>お願<rt>ねが</rt></ruby>いします。
kakunin o onegai shimasu

麻煩我要刷卡。
カードで<ruby>お願<rt>ねが</rt></ruby>いします。
kaado de onegai shimasu

請簽名。
サインしてください。
sain shite kudasai

多謝關照。
<ruby>お世話<rt>せわ</rt></ruby>になりました。
osewa ni narimashita

請給我收據。
<ruby>領収書<rt>りょうしゅうしょ</rt></ruby>をください。
ryooshuusho o kudasai

好用單字

冰箱 **冷蔵庫**（れいぞうこ） reezooko		明細 **明細**（めいさい） meesai	
稅金 **税金**（ぜいきん） zeekin		服務費 **サービス料**（りょう） saabisuryoo	
迷你酒吧 **ミニバー** mini-baa		收據 **領収書**（りょうしゅうしょ） ryooshuusho	
電話費 **電話代**（でんわだい） denwa-dai		傳真費用 **ファックス代**（だい） fakkusu-dai	

＿＿＿多少錢？

名詞＋數量＋いくらですか。
ikura desuka

豆沙糯米飯糰／兩個
おはぎ／二つ
ohagi　　futatsu

麻薯／三個
おもち／三つ
omochi　　mittsu

仙貝／一盒
お煎餅／一箱
osenbee　　hitohako

紅豆烤餅／四個
どら焼き／四つ
dorayaki　　yottsu

這個／一個
これ／一つ
kore　　hitotsu

蘋果／一堆
りんご／一山
ringo　　hitoyama

花／一束
花／一束
hana　hitotaba

茄子／一盤
ナス／一皿
nasu　　hitosara

雨傘／一支
かさ／一本
kasa　　ippon

刨冰／一份
かき氷／一つ
kakigoori　　hitotsu

秋刀魚／一盤
さんま／一皿
sanma　　hitosara

麻薯丸子／兩串 お団子／二串 （だんご／ふたくし） odango　futakushi	烤章魚／一盒 たこ焼き／一箱 （や／ひとはこ） takoyaki　hitohako
礦泉水／一瓶 ミネラルウォーター／一本 （いっぽん） mineraruootaa　ippon	葡萄／一盒 ぶどう／一箱 （ひとはこ） budoo　hitohako
罐裝啤酒／一罐 缶ビール／一つ （かん／ひと） kan-biiru　hitotsu	紙巾／一包 ティッシュ／一つ （ひと） tisshu　hitotsu

例句

歓迎光臨。
いらっしゃいませ。
irasshai mase

可以試吃嗎？
試食してもいいですか。
（ししょく）
shishokushitemo ii desuka

這個請給我一盒。
これをワンパックください。
kore o wanpakku kudasai

算我便宜一點嘛。
まけてくださいよ。
makete kudasaiyo

再買一個。
もう一つ買います。
（ひと／か）
moo hitotsu kaimasu

全部多少錢？
全部でいくらですか。
（ぜんぶ）
zenbu de ikura deuska

有沒有更便宜的？
もっと安いのはありますか。
（やす）
motto yasui nowa arimasuka

這好吃嗎？
これは、おいしいですか。
kore wa oishii desuka

2 給我漢堡 T2-7

給我 ▮▮▮▮ 。

名詞＋ください。
kudasai

漢堡		可樂	
ハンバーガー		コーラ	
hanbaagaa		koora	

薯條	熱狗	沙拉
フライドポテト	ホットドッグ	サラダ
furaidopoteto	hotto-dogu	sarada

果汁	咖啡	蕃茄醬
ジュース	コーヒー	ケチャップ
juusu	koohii	kechappu

例句

可樂中杯。
コーラはＭです。
koora wa emu desu

在這裡吃。
ここで食べます。
koko de tabemasu

外帶。
テイクアウトします。
teikuauto shimasu

全部多少錢？
全部でいくらですか。
zenbu de ikura desuka

請給我大的。
大きいのをください。
ookiino o kudasai

我要附咖啡。
コーヒーを付けてください。
koohii o tsukete kudasai

也給我砂糖跟奶精。
砂糖とミルクもください。
satoo to miruku mo kudasai

有餐巾嗎？
ナプキンはありますか。
napukin wa arimasuka

3 便當幫我加熱 🔘 T2-8

例句

便當要加熱嗎？
お弁当を温めますか。
o-bentoo o atatamemasuka

幫我加熱。
温めてください。
atatamete kudasai

需要筷子嗎？
お箸は要りますか。
o-hashi wa irimasuka

收您一千日圓。
千円お預かりします。
senen oazukari shimasu

找您兩百日圓。
2百円のおつりです。
nihyakuen no otsuri desu

需要湯匙嗎？
スプーンは要りますか。
supuun wa irimasuka

麻煩您。
お願いします。
onegai shimasu

果汁在哪裡？
ジュースはどこですか。
juusu wa doko desuka

請給我70日圓的郵票。
70 円切手をください。
nanajuuenn kitte o kudasai

好用單字

便利商店 コンビニ konbini	收銀台 レジ reji	果汁 ジュース juusu
袋子 袋 fukuro 	零錢 おつり otsuri	打折扣 おまけ omake
碗麵 カップラーメン kappu-raamen	小點心 スナック菓子 sunakku-kashi	保特瓶 ペットボトル petto-botoru

附近有 █████ 嗎？

_{ちか}
近くに＋商店＋はありますか。
chikaku ni　　　　　　wa arimasuka

拉麵店 ラーメン_や屋 raamen-ya	壽司店 _{す し や} 寿司屋 sushi-ya
開放式咖啡店 オープンカフェ oopun-kafe	闔家餐廳 ファミリーレストラン famirii-resutoran
義大利餐廳 イタリア料理店 itaria-ryoori-ten	印度餐廳 _{りょう り てん} インド料理店 indo-ryoori-ten
中華料理店 _{ちゅうりょう り てん} 中華 料理店 chuuka-ryoori-ten	牛丼店 _{ぎゅうどん や} 牛 丼屋 gyuudon-ya
烤肉店 _{や　にくや} 焼き肉屋 yakiniku-ya	日本料理店 _{に ほん りょうり てん} 日本 料理店 nihon-ryoori-ten
印度餐廳 _{りょうり てん} インド料理店 indo-ryoori-ya	迴轉壽司店 _{かいてん ず し} 回転寿司 kaiten-zushi
料亭（日本傳統料理店） _{りょうてい} 料亭 ryootee	比薩店 ピザ_や屋 peza-ya

94

例句

てんぷら屋はありますか。 tenpura-ya wa arimasuka	有天婦羅店嗎？
場所はどこですか。 basho wa doko desuka	地方在哪裡？
値段はどれくらいですか。 nedan wa dorekurai desuka	價錢多少？
寿司が食べたいです。 sushi ga tabe tai desu	想吃壽司。
おいしいですか。 oishii desuka	好吃嗎？
何がおいしいですか。 nani ga oishii desuka	什麼好吃呢？
お勧めはなんですか。 o-susume wa nan desuka	你推薦什麼？

在□□□□□。

時間＋で＋人數＋です。
de desu

今晚7點／兩人 こんばんしちじ　ふたり **今晩７時／二人** konban shichiji　futari	明晚8點／四人 あした　よるはちじ　よにん **明日の夜８時／四人** ashita no yoru hachiji　yonin
今天6點／三個人 きょう　ろく　さんにん **今日の6時／三人** kyoo no rokuji　sannin	星期六8點／十個人 どようび　はちじ　じゅうにん **土曜日の8時／10人** doyoobi no hachiji　juunin

例句

我姓李。 り　もう **李と申します。** ri to mooshimasu	套餐多少錢？ **コースはいくらですか。** koosu wa ikura desuka
請給我靠窗的座位。 まどがわ　せき　ねが **窓側の席をお願いします。** mado-gawa no seki o onegai shimasu	請傳真地圖給我。 ちず **地図をファックスしてください。** chizu o fakkusu shite kudasai
也有壽喜燒嗎？ **すきやきもありますか。** sukiyaki mo arimasuka	也能喝酒嗎？ さけ　の **お酒も飲めますか。** o-sake mo nomemasuka
從車站很近嗎？ えき　ちか **駅から近いですか。** eki kara chikai desuka	請多多指教。 ねが **よろしくお願いします。** yoroshiku onegai shimasu

6 我姓李，預約七點

T2-11

例句

我姓李，預約7點。
李です。7時に予約してあります。
ri desu, shichiji ni yoyakushite arimasu

四人。
4人です。
yonin desu

有非吸煙區嗎？
禁煙席はありますか。
kinenseki wa arimasuka

沒有預約。
予約してありません。
yoyakushite arimasen

要等多久？
どれくらい待ちますか。
dorekurai machimasuka

有很多人嗎？
混んでいますか。
konde imasuka

那麼，我下次再來。
では、またにします。
dewa, mata ni shimasu

那麼，我等。
では、待ちます。
dewa, machimasu

有靠窗的位子嗎？
窓際はあいていますか。
mado-giwa wa aite imasuka

好用單字

吸煙區 喫煙席 kitsuen seki 		包廂 個室 koshitsu
客滿 満員 manin	有位子 空く aku	餐桌 テーブル teeburu
櫃臺 カウンター kauntaa	兩人座位 二人席 futari seki	四人座位 四人席 yonin seki

例句

メニューを見せてください。 menyuu o misete kudasai	請給我菜單。
注文をお願いします。 chuumon o onegai shimasu	我要點菜。
お勧め料理は何ですか。 o-susume-ryoori wa nan desuka	推薦菜是什麼？
これは、どんな料理ですか。 kore wa, donna ryoori desuka	這是什麼樣的菜？
魚ですか。肉ですか。 sakana desuka.niku desuka	是魚還是肉？
デザートは、何がありますか。 dezaato wa, nani ga arimasuka	有什麼點心？
では、これにします。 dewa, kore ni shimasu	那麼我要這個。
Ｂコースを二つ、お願いします。 bii-koosu o futatsu, onegai shimasu	麻煩兩個B套餐。

我要 ＿＿＿＿＿＿＿ 。

料理＋にします。
ni shimasu

壽司
寿司
sushi

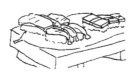

天婦羅套餐
天ぷら定食
tenpura teeshoku

涮涮鍋 しゃぶしゃぶ shabushabu		壽喜燒 すきやき sukiyaki	
炸豬排 かつどん katsudon		黑輪 おでん oden	
鰻魚飯 うな重 unajuu		烏龍麵 うどん udon	
拉麵 ラーメン raamen		手捲 手巻き temaki	
豬排飯 カツ丼 katsudon		梅花套餐 梅定食 ume teeshoku	
A套餐 Aコース ee koosu		那個 それ sore	

我要 ____ 。

料理 ＋ **にします。**
ni shimasu

比薩 ピサ piza		義大利麵 スパゲッティ supagetti	
燒賣 シューマイ shuumai		烤肉 焼き肉 yaki-niku	
韓國泡菜 キムチ kimuchi		印度咖哩 インドカレー indo-karee	
北京烤鴨 北京ダック pekin-dakku		牛排 ステーキ suteeki	
三明治 サンドイッチ sandoicchi		蛋包飯 オムライス omu-raisu	
那個 それ sore		咖哩飯 カレーライス karee-raisu	

8 要飲料 T2-13

飲料呢？
Q：お飲み物は？
o-nomimono wa

給我 ☐ 。
A：飲料＋をください。
o kudasai

烏龍茶 ウーロン茶 uuron-cha	紅茶 紅茶 koocha
咖啡 コーヒー koohii	柳橙汁 オレンジジュース orenji-juusu
濃縮咖啡 エスプレッソ esupuresso	卡布奇諾 カプチーノ kapuchiino
檸檬茶 レモンティー remon-tii	奶茶 ミルクティー miruku-tii
冰紅茶 アイスティー aisu-tii	七喜 セブンアップ sebunappu
檸檬汽水 レモンサイダー remon-saidaa	咖啡歐雷 カフェオレ kafe-ore
可樂 コーラ koora	可可亞 ココア kokoa

您要甜點嗎？

Q: デザートはいかが ですか？
dezaato wa ikaga desuka

給我 _____ 。

A: 甜點＋をください。
o kudasai

布丁		蛋糕	
プリン purin		ケーキ keeki	
聖代 パフェ pafe		冰淇淋 アイスクリーム aisu-kuriimu	
霜淇淋 ソフトクリーム sofuto-kuriimu		日式櫻花糕點 さくらもち 桜餅 sakura-mochi	
羊羹 ようかん yookan		紅豆蜜 あんみつ anmitsu	
三色豆沙糯米糰子 さんしょく ３色おはぎ sanshoku-ohagi			

例句

お飲み物は食事と一緒ですか。 o-nomi-mono wa shokuji to issho	飲料跟餐點一起上，
食後ですか。 desuka. shokugo desuka	還是飯後送？
食後にお願いします。 shokugo ni onegai shimasu	請飯後再上。
一緒にお願いします。 issho ni onegai shimasu	麻煩一起送來。
ミルクと砂糖はつけますか。 miruku to satoo wa tsukemasuka	要附奶精跟砂糖嗎？
砂糖だけ、お願いします。 satoo dake, onegai shimasu	麻煩只要砂糖就好。
グラスはいくつですか。 gurasu wa ikutsu desuka	要幾個杯子？

例句

麻煩結帳。
お勘定をお願いします。
okanjoo o onegai shimasu

我們各付各的。
別々でお願いします。
betsubetsu de onegai shimasu

請一起結帳。
一緒でお願いします。
issho de onegai shimasu

這張信用卡能用嗎？
このカードは使えますか。
kono kaado wa tsukaemasuka

我要刷卡。
カードでお願いします。
kaado de onegai shimasu

給你一萬日圓。
一万円でお願いします。
ichiman-en de onegai shimasu

謝謝您的招待。
ご馳走様でした。
gochisoosama deshita

真是好吃。
おいしかったです。
oishikatta desu

好用單字

點菜 **注文** chuumon		費用 **費用** hiyoo
現金 **現金** genkin	付錢 **払う** harau	信用卡 **クレジットカード** kurejitto-kaado
收銀台 **レジ** reji	服務費 **サービス料** saabisu-ryoo	零錢 **おつり** otsuri

1　我坐電車 🔘 T2-15

我想到 ⬛⬛⬛⬛ 。

場所＋まで行きたいです。
made ikitai desu

新宿 しんじゅく 新宿 shinjuku		東京灣 とうきょうわん 東京湾 tookyoo-wan	
台場 だいば お台場 o-daiba		東京鐵塔 とうきょう 東京タワー tookyoo-tawaa	
淺草 あさくさ 浅草 asakusa		富士電視 フジテレビ fuji-terebi	
澀谷車站 しぶやえき 渋谷駅 shibuya-eki		原宿車站 はらじゅくえき 原宿駅 harajuku-eki	
上野 うえの 上野 ueno		青山一丁目 あおやまいっちょうめ 青山一丁目 aoyama-icchoome	
銀座 ぎんざ 銀座 ginza		六本木 ろっぽんぎ 六本木 ropponngi	
羽田 はねだ 羽田 haneda		品川 しながわ 品川 shinagawa	

例句

次の電車は何時ですか。
tsugi no densha wa nanji desuka

下一班電車幾點？

秋葉原駅にとまりますか。
akihabara-eki ni tomarimasuka

秋葉原車站會停嗎？

品川駅で乗り換えますか。
shinagawa-eki de norikaemasuka

在品川車站換車嗎？

次の駅はどこですか。
tsugi no eki wa doko desuka

下一站哪裡？

どこで乗り換えますか。
doko de norikaemasuka

在哪裡換車？

この電車は、東京に行きますか。
kono densha wa, tookyoo ni ikimasuka

這輛電車往東京嗎？

赤坂まで行きたいです。
akasaka made iki tai desu

想去赤坂。

どこで降りればいいですか。
doko de orireba ii desuka

在哪裡下車好呢？

好用單字

車子 車 くるま kuruma		新幹線 新幹線 しんかんせん shinkansen		電車 電車 でんしゃ densha	
公車 バス basu		三輪車 三輪車 さんりんしゃ sanrinsha		渡船 連絡船 れんらくせん renraku-sen	

計程車		警車	
タクシー takushii		パトカー patokaa	

消防車		機車	
しょうぼうしゃ 消防車 shooboosha		バイク baiku	

腳踏車		貨車	
じてんしゃ 自転車 jitensha		トラック torakku	

船		遊艇	
ふね 船 fune		フェリー ferii	

飛機		直昇機	
ひこうき 飛行機 hikooki		ヘリコプター herikoputaa	

小船		單軌電車	
ボート booto		モノレール monoreeru	

2 我坐公車 🔘 T2- 16

例句

公車站在哪裡？
バス停はどこですか。
basutee wa doko desuka

這台公車去東京車站嗎？
このバスは東京駅へ行きますか。
kono basu wa tookyoo-eki e ikimasuka

有往澀谷嗎？
渋谷へは行きますか。
shibuya e wa ikimasuka

幾號公車能到？
何番のバスが行きますか。
nanban no basu ga ikimasuka

東京車站在第幾站？
東京駅はいくつ目ですか。
tookyoo-eki wa ikutume desuka

在哪裡下車呢？
どこで降りたらいいですか。
doko de oritara ii desuka

到了請告訴我。
着いたら教えてください。
tsuitara oshiete kudasai

多少錢？
いくらですか。
ikura desuka

一千塊日幣可以嗎？
千円札でいいですか。
senen-satsu de ii desuka

小孩多少錢？
こどもはいくらですか。
kodomo wa ikura desuka

好用單字

路線圖 路線図 rosenzu		往 行き iki	
乗車券 乗車券 jooshaken		門 ドア doa	下一站 次 tsugi	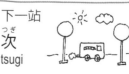
博愛座 優先席 yuusen-seki		吊環 つり革 tsuri-kawa	搖晃 揺れる yureru	

3 我坐計程車 🔘 T2-17

請到 ⬜⬜⬜ 。

場所＋までお願いします。
made onegai shimasu

王子飯店 **プリンスホテル** purinsu hoteru		上野車站 **上野駅** ueno-eki	
這裡（拿紙給對方看） **ここ（紙を見せる）** koko （kami o miseru）		成田機場 **成田空港** narita-kuukoo	
六本木hills **六本木ヒルズ** roppongi-hiruzu		國立博物館 **国立博物館** kokuritsu-hakubutsukan	

例句

到那裡要花多少時間？
そこまでどれくらいかかりますか。
soko made dorekurai kakarimasuka

路上塞車嗎？
道は、混んでいますか。
michi wa, konde imasuka

請向右轉。
右に曲がってください。
migi ni magatte kudasai

前面右轉。
その先を右へ。
sono saki o migi e

請在第三個轉角左轉。
三つ目の角を左へ曲がってください。
mittsu-me no kado o hidari e magatte kudasai

請直走。
まっすぐ行ってください。
massugu itte kudasai

這裡就可以了。
ここでいいです。
koko de iidesu

請在那裡停車。
そこで停めてください。
soko de tomete kudasai

4 我要租車子 🔘 T2-18

例句

我想租車。
<ruby>車<rt>くるま</rt></ruby>を<ruby>借<rt>か</rt></ruby>りたいです。
kuruma o karitai desu

小型車比較好。
<ruby>小型<rt>こがた</rt></ruby>の<ruby>車<rt>くるま</rt></ruby>がいいです。
kogata no kuruma ga ii desu

我想租那一部車。
あちらの<ruby>車<rt>くるま</rt></ruby>を<ruby>借<rt>か</rt></ruby>りたいです。
achira no kuruma o kari tai desu

保證金多少？
<ruby>保証金<rt>ほしょうきん</rt></ruby>はいくらですか。
hoshookin wa ikura desuka

有保險嗎？
<ruby>保険<rt>ほけん</rt></ruby>はついていますか。
hoken wa tsuite imasuka

一天多少租金？
<ruby>一日<rt>いちにち</rt></ruby>いくらですか。
ichinichi ikura desuka

車子故障了。
<ruby>車<rt>くるま</rt></ruby>が<ruby>故障<rt>こしょう</rt></ruby>しました。
kuruma ga koshoo shimashita

這台車還你。
この<ruby>車<rt>くるま</rt></ruby>を<ruby>返<rt>かえ</rt></ruby>します。
kono kuruma o kaeshimasu

傍晚還車。
<ruby>夕方<rt>ゆうがた</rt></ruby>に<ruby>返<rt>かえ</rt></ruby>します。
yuugata ni kaeshimasu

我要還車。
<ruby>車<rt>くるま</rt></ruby>を<ruby>返却<rt>へんきゃく</rt></ruby>します。
kuruma o henkyaku shimasu

好用單字

租車	國際駕駛執照
レンタカー	<ruby>国際運転免許証<rt>こくさいうんてんめんきょしょう</rt></ruby> kokusai-unten menkyo-shoo
rentakaa	

契約書	破胎	注意
<ruby>契約書<rt>けいやくしょ</rt></ruby> keeyakusho	パンク panku	<ruby>注意<rt>ちゅうい</rt></ruby>  chuui

安全開車	聯絡處	備胎
<ruby>安全運転<rt>あんぜんうんてん</rt></ruby> anzen-unten	<ruby>連絡先<rt>れんらくさき</rt></ruby>  renraku-saki	スペアタイヤ supea-taiya

5 糟糕！我迷路了 🔘 T2-19

例句

我迷路了。
道に迷いました。
michi ni mayoi mashita

請告訴我車站怎麼走？
駅への道を教えてください。
eki eno michi o oshiete kudasai

對不起，可以請教一下嗎？
すみませんが、ちょっと教えてください。
sumimasen ga,chotto oshiete kudasai

上野車站在哪裡？
上野駅はどこですか。
ueno-eki wa doko desuka

新宿要怎麼走呢？
新宿は、どう行けばいいですか。
shinjuku wa, doo ikeba ii desuka

請沿這條路直走。
この道をまっすぐ行ってください。
kono michi o massugu itte kudasai

請在下一個紅綠燈右轉。
次の信号を右に曲がってください。
tsugi no shingoo o migi ni magatte kudasai

上野車站在左邊。
上野駅は左側にあります。
ueno-eki wa hidarigawa ni arimsu

南邊是哪一邊？
南はどちらですか。
minami wa dochira desuka

_____ 嗎？
名詞＋は＋形容詞＋ですか？
　　　　wa　　　　　　　desuka

車站／遠	那裡／近
駅／遠い eki　tooi	そこ／近い soko　chikai

那條道路／寬廣	前往方式／困難	道路／容易辨認
その道／広い sono michi　hiroi	行き方／難しい iki-kata　muzukashii	道／わかりやすい michi　wakari yasui

1 我想看慶典 🔘 T2-20

想 ⬜⬜⬜ 。

名詞（を…）＋動詞＋たいです。
o   tai desu

煙火／看	慶典／看
はなび　み	まつり　み
花火を／見	お祭を／見 
hanabi o　　mi	o-matsuri o　　mi

迪士尼樂園／去	在游泳池／游泳
ディズニーランドへ／行き	プールで／泳ぎ
dizuniirando e　　iki	puuru de　　　oyogi

往山上／去	日本料理／吃	購物
やま　い	に ほんりょうり　た	か もの
山へ／行き	日本料理を／食べ 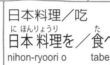	買い物を／し
yama e　　iki	nihon-ryoori o　　tabe	kai-mono o　　shi

例句

請給我地圖	博物館現在有開嗎？
ち ず	はくぶつかん　　いま あ
地図をください。	博物館は今開いていますか。
chizu o kudasai	hakubutsukan wa ima aite imasuka

這裡可以買票嗎？	名產店在哪裡？
か	ものてん
ここでチケットは買えますか。	みやげ物店はどこにありますか。
koko de chiketto wa kaemasuka	miyagemono-ten wa doko ni arimasuka

近代美術館在哪裡？	有沒有什麼好玩的地方呢？
きんだい　びじゅつかん	おもしろ
近代美術館はどこですか。	なにか面白いところはありますか。
kindai-bijutsukan wa doko desuka	nanika omoshiroi tokoro wa arimasuka

有壯麗的寺廟嗎？	請推薦一下飯店。
てら	しょうかい
きれいなお寺はありますか。	ホテルを紹介してください。
kiree na o-tera wa arimasuka	hoteru o shookai shite kudasai

2 我想看名勝 🔘 T2-21

我要 ⬜ 。

名詞＋がいいです。
ga ii desu

歴史巡遊 れきし 歴史めぐり rekishi-miguri		美術館巡遊 びじゅつかん 美術館めぐり bijutsukan-meguri	
名勝巡遊 めいしょ 名所めぐり meesho-meguri		一日行程 いちにち 一日コース ichinichi koosu	
下午行程 ごご 午後コース gogo koosu		半天行程 はんにち 半日コース hannichi-koosu	

例句

有附餐嗎？
しょくじ　つ
食事は付きますか。
shokuji wa tsukimasuka

幾點出發？
しゅっぱつ　なんじ
出発は何時ですか。
shuppatsu wa nanji desuka

幾點回來？
なんじ　もど
何時に戻りますか。
nanji ni modorimasuka

在哪裡集合呢？
あつ
どこに集まればいいですか。
doko ni atsumareba ii desuka

有中文導遊嗎？
ちゅうごくご
中国語のガイドはいますか。
chuugoku-go no gaido wa imasuka

有英文導遊嗎？
えいご
英語のガイドはいますか。
eego no gaido wa imasuka

要到什麼地方呢？
い
どんなところに行きますか。
donna tokoro ni ikimasuka

哪個有趣呢？
おもしろ
どれが面白いですか。
dore ga omoshiroi desuka

可以 ▢ 嗎？

名詞＋を＋**動詞**＋もいいですか。
　　　　　o　　　　　　　mo ii desuka

相片／照 写真／撮って shashin　totte	煙／抽 タバコ／吸って tabako　sutte
箱子／打開 箱／開けて hako　akete	這個／觸摸 これ／触って kore　sawatte
聲音／放出 声／出して koe　dashite	V8／拍攝 ビデオ／撮って bideo　totte

例句

写真を撮っていただけますか。　　　　　可以幫我拍照嗎？
shashin o totte itadakemasuka

ここを押すだけです。　　　　　　　　　只要按這裡就行了。
koko o osu dake desu

一緒に写真を撮ってもいいですか。　　　可以一起照張相嗎？
issho ni shashin o tottemo ii desuka

もう一枚お願いします。　　　　　　　　麻煩再拍一張。
moo ichimai onegai shimasu

あれと一緒に撮ってください。　　　　　請把那個一起拍進去。
are to isho ni totte kudasai

114

4 這建築物真棒 T2-23

啊！

形容詞＋名詞＋ですね。
desune

很棒的／畫 素敵な／絵 suteki na　e		很漂亮的／和服 綺麗な／着物 kiree na　kimono	
雄偉的／雕刻 立派な／彫刻 rippa na　chookoku		大的　雕像 大きな／像 ooki na　zoo	
很棒的／建築物 すごい／建物 sugoi　tatemono		很棒的／作品 すばらしい／作品 subarasii　sakuhin	
美麗的／陶瓷器皿 美しい／陶器 utsukushii　tooki			

例句

入場費多少？
入場料はいくらですか。
nyuujooryoo wa ikura desuka

有館內導遊服務嗎？
館内ガイドはいますか。
kannai gaido wa imasuka

幾點休館？
何時に閉館ですか。
nanji ni heekan desuka

小孩多少錢？
こどもはいくらですか。
kodomo wa ikura desuka

有中文說明嗎？
中国語の説明はありますか。
chuugokugo no setsumee wa arimasuka

我要風景明信片。
絵葉書がほしいです。
e-hagaki ga hoshii desu

給我 _____ 。

名詞＋數量＋お願いします。
onegai shimasu

大人／十張 おとな　じゅうまい **大人／十枚** otona　juumai	成人／兩張 おとな　にまい **大人／二枚** otona　nimai
學生／一張 がくせい　いちまい **学生／一枚** gakusee　ichimai	小孩／兩張 **こども／二枚** にまい kodomo　nimai
中學生／三張 ちゅうがくせい　さんまい **中学生／三枚** chuugakusee　sanmai	

例句

售票處在哪裡？
う　ば
チケット売り場はどこですか。
chiketto uriba wa doko desuka

我要一樓的位子。
いっかい　せき
１階の席がいいです。
ikkai no seki ga ii desu

坐哪個位子比較好觀看呢？
せき　み
どの席が見やすいですか。
dono seki ga miyasui desuka

請給我三張。
さんまい
三枚ください。
sanmai kudasai

學生有折扣嗎？
がくせいわりびき
学生割引はありますか。
gakusee waribiki wa arimasuka

有沒有更便宜的座位？
やす　せき
もっと安い席はありますか。
motto yasui seki wa arimasuka

一張多少錢？
いちまい
一枚いくらですか。
ichimai ikura desuka

麻煩學生票一張。
がくせいいちまい　ねが
学生一枚、お願いします。
gakusee ichimai onegai shimasu

6 我想聽演唱會 🔘 T2-25

我想看　　　。

名詞＋を見たいです。
o mitai desu

音樂會 コンサート konsaato		電影 映画 えいが eega	
歌劇 オペラ opera		歌舞伎 か ぶ き 歌舞伎 kabuki	

例句

目前受歡迎的電影是哪一部？
今、人気のある映画は何ですか。
いま　にんき　　　えいが　なん
ima,ninki no aru eega wa nan desuka

會上映到什麼時候？
いつまで上演していますか。
じょうえん
itsumade jooen shite imasuka

下一場幾點上映？
次の上映は何時ですか。
つぎ　じょうえい　なんじ
tsugi no jooee wa nanji desuka

幾分前可以進場？
何分前に入りますか。
なんぶんまえ　はい
nanpun-mae ni hairimasuka

芭蕾舞幾點開演？
バレエの上演は何時ですか。
じょうえん　なんじ
baree no jooen wa nanzi desuka

中間有休息嗎？
休憩はありますか。
きゅうけい
kyuukee wa arimasuka

裡面可以喝果汁飲料嗎？
中でジュースを飲んでいいですか。
なか　　　　　　　　の
naka de juusu o nonde ii desuka

117

多少？
數量＋いくらですか。
ikura desuka

一小時 いち じ かん **一時間** ichijikan	一個人 ひとり **一人** hitori	
30分鐘 さんじゅっぷん **30 分** sanjuppun	小孩／一個人 **こども／一人** kodomo hitori	果汁／一瓶 **ジュース／一つ** juusu hitotsu

例句

去唱卡拉OK吧！
カラオケに行きましょう。
karaoke ni ikimashoo

可以續唱嗎？
えんちょう
延長はできますか。
enchoo wa dekimasuka

有什麼歌曲？
きょく
どんな曲がありますか。
donna kyoku ga arimasuka

我想唱SMAP的歌。
うた うた
SMAPの歌を歌いたいです。
smap no uta o utai tai desu

接下來唱什麼歌？
つぎ
次はなににしますか。
tsugi wa nani ni shimasuka

基本消費多少？
き ほんりょうきん
基本料金はいくらですか。
kihon-ryookin wa ikuradesuka

遙控器如何使用？
つか
リモコンはどうやって使いますか。
rimokon wa doo yatte tsukaimasuka

我唱鄧麗君的歌。
わたし うた
私は、テレサ・テンを歌います。
watashi wa teresa-ten o utaimasu

一起唱吧！
いっしょ うた
一緒に歌いましょう。
issho ni utaimashoo

8 幫我算個命 🔊 T2-27

的如何？

時間＋の＋名詞 はどうですか。
no　　　　　　　wa doo desuka

今年／運勢	明年／財運
今年／運勢 こ と し　うんせい kotoshi　unsee	来年／金銭運 らいねん　きんせんうん rainen　kinsen-un

這個月／工作運	這星期／愛情運勢	下星期／愛情運
今月／仕事運 こんげつ　し ごとうん kongetsu　shigoto-un	今週／愛情運 こんしゅう　あいじょううん konshuu　aijoo-un	来週／恋愛運 らいしゅう　れんあいうん raishuu　renai-un

例句

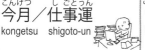

我出生於1972年9月18日
せんきゅうひゃくななじゅうにねん く がつ じゅうはちにち　う
1972　年9月　18　日　生まれです。
sen kyuuhyaku nanajuu ni nen kugatu juuhachinichi umaredesu

請幫我看看和男朋友合不合。
こいびと　あいしょう　み
恋人との相性を見てください。
koibito tono aishoo o mite kudasai

什麼時候會遇到白馬王子（白雪公主）？
あい て　あらわ
いつ相手が現れますか。
itsu aite ga arawaremasuka

問題能解決嗎？
もんだい　かいけつ
問題は解決しますか。
mondai wa kaiketsu shimasuka

可能結婚嗎？
けっこん
結婚できるでしょうか。
kekkon dekiru deshooka

幾歲犯太歲？
やくどし　なんさい
厄年は何歳ですか。
yaku-doshi wa nansai desuka

我是雞年生的。
わたし　とりどし
私は酉年です。
watashi wa toridoshi desu

可以買護身符嗎？
まも　　か
お守りを買えますか。
omamori o kaemasuka

附近有 _____ 嗎？

近くに＋ 場所 ＋はありますか。
ちか
chikaku ni　　　　　　　　wa arimasuka

酒吧 バー baa	夜店 ナイトクラブ naito-kurabu
爵士酒吧 ジャズクラブ jazu-kurabu	酒店 クラブ kurabu
小酌酒店 いっぱい の や 一杯飲み屋 ippai nomi-ya	居酒屋 い ざか や 居酒屋 izakaya
日式傳統料理店 りょうてい 料亭 ryootee	壽司店 や すし屋 sushi-ya
路邊攤 や たい 屋台 yatai	啤酒屋 ビヤホール biyahooru

給我 ⬜ 。

名詞 をください。
o kudasai

雞尾酒 カクテル kakuteru	啤酒 ビール biiru
紅葡萄酒 赤ワイン aka-wain	白葡萄酒 白ワイン shiro-wain
日本清酒 日本酒 nihon-shu	威士忌 ウィスキー uisukii
白蘭地 ブランデー burandee	香檳 シャンペン shanpen
薑汁汽水 ジンジャーエール zinjaaeeru	小酒菜 おつまみ otsumami

女性は2000円です。
josee wa nisenen desu

女性要2000日圓。

音楽がいいですね。
ongaku ga ii desune

音樂不錯呢。

おつまみは何がいいですか。
otsumami wa nani ga ii desuka

要什麼下酒菜？

ジャズを聴くのが好きです。
jazu o kiku noga suki desu

喜歡聽爵士樂。

どんな曲をやっていますか。
donna kyoku o yatte imasuka

演奏什麼曲子？

乾杯しましょう。
kanpai shimashoo

來吧！乾杯！

ワインを飲みましょうか。
wain o nomimashooka

喝葡萄酒吧！

ラストオーダーは何時ですか。
rasutooodaa wa nanji desuka

點菜可以點到幾點？

10 哇！全壘打 T2-29

例句

今天有巨人的比賽嗎？
今日は巨人の試合がありますか。
kyoo wa kyojin no shiai ga arimasuka

哪兩隊的比賽？
どこ対どこの試合ですか。
doko tai doko no shiai desuka

請給我兩張一壘方面的座位。
一塁側の席を2枚ください。
ichirui-gawa no seki o nimai kudasai

可以坐這裡嗎？
ここに座ってもいいですか。
koko ni suwattemo ii desuka

請簽名。
サインをください。
sain o kudasai

你知道那位選手嗎？
あの選手を知っていますか。
ano senshu o shitte imasuka

他很有人氣嘛！
彼は、人気がありますね。
kare wa ninki ga arimasune

啊！全壘打！
あ、ホームランになりました。
a,hoomuran ni narimashita

喝杯啤酒吧！
ビールを飲みましょう。
biiru o nomimashoo

好用單字

教練 監督 kantoku 	三振 三振 sanshin	夜間棒球賽 ナイター naitaa
棒球場 野球場 yakyuu-joo	投手 ピッチャー picchaa	捕手 キャッチャー kyacchaa
打者 バッター battaa	盗壘 盗塁 toorui	全壘打 ホームラン hoomuran 

在找 ▢。

衣服 + を探しています。
（さが）
o sagashite imasu

西裝 スーツ suutsu		連身裙 ワンピース wanpiisu	
裙子 スカート sukaato		褲子 ズボン zubon	
牛仔褲 ジーンズ ziinzu		T恤 Tシャツ t shatsu	
輕便襯衫 カジュアルなシャツ kajuaru na shatsu		Polo襯衫 ポロシャツ poro-shatsu	
女用襯衫 ブラウス burausu		毛衣 セーター seetaa	
夾克 ジャケット jaketto		外套 コート kooto	
內衣 下着（したぎ） shitagi			

泳衣 みずぎ 水着 mizugi		背心 ベスト besuto	
領帶 ネクタイ nekutai		帽子 ぼうし 帽子 booshi	
襪子 ソックス sokkusu		太陽眼鏡 サングラス san-gurasu	

例句

婦女服飾賣場在哪裡？
ふ じんふくう ば
婦人服売り場はどこですか。
fujinfuku uriba wa doko desuka

這個如何？
こちらはいかがですか。
kochira wa ikaga desuka

這條褲子如何？
このズボンはどうですか。
kono zubon wa doo desuka

有大號的嗎？
おお
大きいサイズはありますか。
ookii saizu wa arimasuka

想要棉製品的。
めん
綿のがほしいです。
men noga hoshii desu

可以用洗衣機洗嗎？
せんたくき　あら
洗濯機で洗えますか。
sentakuki de araemasuka

蠻耐穿的樣子嘛！
じょうぶ
丈夫そうですね。
joobu soo desune

顏色不錯嘛！
いろ
いい色ですね。
ii iro desune

125

可以 ☐☐☐ 嗎？

動詞＋もいいですか。
mo ii desuka

試穿 試着（しちゃく）して shichakushite	戴戴看 かぶってみて kabutte mite	
摸 触（さわ）って sawatte	配戴看看 つけてみて tsukete mite	套套看 ちょっとはおって chotto haotte

例句

那個讓我看一下。
それを見（み）せてください。
sore o misete kudasai

有沒有白色的？
白（しろ）いのはありませんか。
shiroi no wa arimasenka

需要乾洗嗎？
洗濯（せんたく）はドライですか。
sentaku wa dorai desuka

太花俏了。
ちょっと派手（はで）ですね。
chotto hade desune

那個也讓我看看。
そちらも見（み）せてください。
sochira mo misete kudasai

我喜歡。
気（き）に入（い）りました。
ki ni irimashita

有點小呢。
ちょっと小（ちい）さいですね。
chotto chiisai desune

這是麻嗎？
これは麻（あさ）ですか。
kore wa asa desuka

我要紅的。
赤（あか）いのがほしいです。
akai noga hoshii desu

有沒有再柔軟一些的？
もう少（すこ）し柔（やわ）らかいのはないですか。
moo sukoshi yawarakai nowa nai desuka

啊呀！這個不錯嘛！
ああ、これはいいですね。
aa,kore wa ii desune

3 我要這一件 T2-32

例句

有點長。
ちょっと長いです。
chotto nagai desu

長度可以改短一點嗎？
丈をつめられますか。
take o tsumeraremasuka

顏色不錯呢。
色がいいですね。
iro ga ii desune

非常喜歡。
とても気に入りました。
totemo ki ni irimashita

我要這個。
これにします。
kore ni shimasu

我要買。
決めました。
kimemashita

我買這個。
これをいただきます。
kore o itadakimasu

請給我紅色的。
赤いほうをください。
akai hoo o kudasai

請幫我改一下袖子的長度。
袖の長さを直してほしいです。
sode no nagasa o naoshite hoshii desu

好用單字

白色 しろ 白 shiro		紅色 あか 赤 aka	
黑色 くろ 黒 kuro		藍色 あお 青 ao	

緑色 みどり **緑** midori		黄色 き いろ **黄色** kiiro	
褐色 ちゃいろ **茶色** chairo		灰色 **グレー** guree	
粉紅色 **ピンク** pinku		橘黃色 いろ **オレンジ色** orenzi-iro	
紫色 むらさき **紫** murasaki		水藍色 みずいろ **水色** mizuiro	
條紋 **ストライプ** sutoraipu		格子 **チェック** chekku	
花卉圖案 はな も よう **花模様** han-moyoo		沒有花紋 む じ **無地** muzi	
水珠花樣 みずたま **水玉** mizutama			

鞋子尺寸比較

台灣	4 1/2	5	5 1/2	6	6 1/2	7	7 1/2	8	8 1/2	9	9 1/2	10	10 1/2
日本	22	22.5	23	23.5	24	24.5	25	25.5	26	26.5	27	27.5	28

4　我要買涼鞋　🔘 T2-33

想要 ▢▢▢▢ 。

鞋子＋がほしいです。
ga hoshii desu

休閒鞋	涼鞋	無帶淺口有跟女鞋
スニーカー suniikaa	サンダル sandaru	パンプス panpusu
無後跟的女鞋	高跟鞋	短馬靴
ミュール myuuru	ハイヒール haihiiru	ショートブーツ shooto-buutsu

登山鞋	靴子	網球鞋	木屐
トレッキングシューズ torekkingu-shuuzu	ブーツ buutsu	テニスシューズ tenisu-shuuzu	下駄 geta

太 ▢▢▢▢ 。

形容詞＋すぎます。
sugimasu

大 おお 大き ooki		小 ちい 小さ chiisa	
長 なが 長 naga	短 みじか 短 mijika	緊 きつ kitsu	
鬆 ゆる yuru	高 たか 高 taka	低 ひく 低 hiku	

我要 ▢▢▢▢ 。

形容詞の（なの）＋がいいです。
no　(nano)　　　ga ii desu

牢固、堅固的 じょうぶ 丈夫なの joobu nano		鞋跟很高的 ヒールが高<ruby>たか</ruby>いの hiiru ga takai no	
咖啡色的 ちゃいろ 茶色いの chairoi no		小的 ちい 小さいの chiisai no	
亮晶晶的 ぴかぴかなの pikapika nano	白色的 しろ 白いの shiroi no		黑的 くろ 黒いの kuroi no

例句

有點緊。
ちょっときついです。
chotto kitsui desu

最受歡迎的是哪一雙？
いちばんにんき
一番人気なのはどれですか。
ichiban ninki nano wa dore desuka

鞋帶可以調整的。
ちょうせい
ひもを調整できます。
himo o choosee dekimasu

這是現在流行的款式。
いま
これが今はやりです。
kore ga ima hayari desu

蠻好走路的。
ある
歩きやすいですね。
aruki yasui desune

鞋跟太高了。
たか
ヒールが高すぎます。
hiiru ga taka sugimasu

請給我這一雙。
これをください。
kore o kudasai

我決定買這一雙。
き
これに決めました。
kore ni kimemashita

6 我要買土產送人 🔘 T2-35

給我 ⬜。

數量＋ください。
kudasai

一個 ひと **一つ** hitotsu	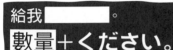	一張 いちまい **一枚** ichimai	
一條，瓶 いっぽん **一本** ippon		一個 いっこ **一個** ikko	
一台 いちだい **一台** ichidai		一本 いっさつ **一冊** issatsu	

例句

有沒有適合送人的名產？
みやげ
お土産にいいのはありますか。
omiyage ni ii nowa arimasuka

有招財貓嗎？
まね　ねこ
招き猫がありますか。
maneki-neko ga arimasuka

請包漂亮一點。
つつ
きれいに包んでください。
kiree ni tsutsunde kudasai

這點心看起來很好吃。
かし
このお菓子はおいしそうです。
kono okashi wa oishi soo desu

請分開包裝。
べつべつ　つつ
別々に包んでください。
betsubetsu ni tsutsunde kudasai

哪一個較受歡迎？
にんき
どれが人気ありますか。
dore ga ninki arimasuka

請給我這豆沙包。
まんじゅう
この饅頭をください。
kono manjuu o kudasai

你認為哪個好呢？
おも
どれがいいと思いますか。
dore ga ii to omoimasuka

給我同樣的東西8個。
おな　　　　　やっ
同じものを八つください。
onaji mono o yattsu kudasai

7　便宜點啦　 T2-36

請 _____ 。

形容詞＋してください。
shite kudasai

便宜 やす 安く yasuku		快 はや 早く hayaku	
（弄）小 ちい 小さく chiisaku		（弄）好提 も 持ちやすく mochi yasuku	
（弄）漂亮 きれいに kiree ni		再便宜一些 すこ　やす もう少し安く moo sukoshi yasuku	

例句

太貴了。
たか
高すぎます。
takasugimasu

2000日圓就買。
にせんえん　か
2000円なら買います。
nisenen nara kaimasu

最好是1萬日圓以内的東西。
いちまんえん　い ない　もの
１万円以内の物のがいいです。
ichimanen inai no mono ga ii desu

那麼就不需要了。
それでは、いりません。
soredewa,irimasen

可以打一些折扣嗎？
すこ
少しまけてもらえませんか。
sukoshi makete moraemasenka

貴了一些。
たか
ちょっと高いですね。
chotto takai desune

預算不足。
よさん　た
予算が足りません。
yosan ga tarimasen

我會再來。
き
また来ます。
mata kimasu

8　我要刷卡 T2-37

要如何付款？	麻煩我用 ⬛⬛⬛ 。
Q：お支払いはどうなさいます。 oshiharai wa doo nasaimasu	A：名詞＋でお願いします。 de onegai shimasu

刷卡 **カード** kaado		現金 げんきん **現金** genkin	
旅行支票 **トラベラーズチェック** toraberaazu-chekku		這個 **これ** kore	

要分幾次付款？	⬛⬛⬛ 。
Q：お支払い回数は？ しはら　かいすう oshiharai kaisuu wa	A：次数＋です。 desu

一次 いっかい **一回** ikkai	①	一次付清 いっかつ **一括** ikkatsu	
六次 ろっかい **六回** rokkai	⑥	十二次 じゅうかい **十二回** juunikai	⑫

例句

在哪裡結帳？ **レジはどこですか。** reji wa doko desuka	能用這張信用卡嗎？ **このカードは使えますか。** つか kono kaado wa tsukaemasuka
請在這裡簽名。 **ここにサインをお願いします。** ねが koko ni sain o onegai shimasu	筆在哪裡？ **ペンはどこですか。** pen wa doko desuka
在這裡簽名嗎？ **サインは、ここですか。** sain wa koko desuka	這樣可以嗎？ **これでいいですか。** kore de ii desuka

1 我喜歡日本漫畫　🔘 T2-38

我喜歡日本的 ＿＿＿＿ 。

日本の＋名詞＋が好きです。
nihon no　　　　　ga suki desu

慶典 お祭 omatsuri		庭園 庭園 teeen		漫畫 漫画 manga	
文化 文化 bunka		習慣 習慣 shuukan		連續劇 ドラマ dorama	
和服 着物 kimono	茶道 茶道 sadoo	花道 華道 kadoo		歌 歌 uta	

對日本的 ＿＿＿＿ 有興趣。

日本の＋名詞＋に興味があります。
nihon no　　　　　ni kyoomi ga arimasu

文化 文化 bunka		經濟 経済 keezai		藝術 芸術 geejutsu	
歷史 歴史 rekishi		運動 スポーツ supootsu		繪畫 絵画 kaiga	
瓷器 陶器 tooki	自然 自然 shizen	植物 植物 shokubutsu		演劇、戲劇 演劇 engeki	

2 到德島看阿波舞 T2-39

在_____有慶典。

場所＋で＋慶典＋があります。
　　　　de　　　　　ga arimasu

徳島／阿波舞	東京／神田祭
徳島／阿波踊り	東京／神田祭
とくしま　あわ　おど	とうきょう　かん　だ　まつり
tokushima awa-odori	tookyoo kanda-matsuri
札幌／雪祭	青森／驅魔祭
札幌／雪祭	青森／ねぶた祭
さっぽろ　ゆきまつり	あおもり　まつり
sapporo yuki-matsuri	aomori nebuta-matsuri
京都／祇園祭	秋田／燈籠祭
京都／祇園祭	秋田／竿燈祭
きょうと　ぎ　おんまつり	あき　た　かんとうまつり
kyooto gion-matsuri	akita kantoo-matsuri
博多／天神祭	仙台／七夕祭
博多／どんたく	仙台／七夕祭
はか　た	せんだい　たなばたまつり
hakata dontaku	sendai tanabata-matsuri
大阪／天神祭	兵庫／打架祭
大阪／だんじり祭	兵庫／けんか祭
おおさか　まつり	ひょうご　まつり
oosaka danziri-matsuri	hyoogo kenka-matsuri

例句

是什麼樣的慶典？
どんな<ruby>祭<rt>まつり</rt></ruby>ですか。
donna matsuri desuka

什麼時候舉行？
いつありますか。
itsu arimasuka

怎麼去？
どうやって<ruby>行<rt>い</rt></ruby>きますか。
dooyatte ikimasuka

哪個祭典有趣？
どの<ruby>祭<rt>まつ</rt></ruby>りが<ruby>面白<rt>おもしろ</rt></ruby>いですか。
dono matsuri ga omoshiroi desuka

有什麼節目？
<ruby>何<rt>なに</rt></ruby>が<ruby>見<rt>み</rt></ruby>られますか。
nani ga miraremasuka

任何人都能參加嗎？
<ruby>誰<rt>だれ</rt></ruby>でも<ruby>参加<rt>さんか</rt></ruby>できますか。
dare demo sanka dekimasuka

漂亮嗎？
きれいですか。
kiree desuka

想去看看。
<ruby>見<rt>み</rt></ruby>に<ruby>行<rt>い</rt></ruby>きたいです。
mi ni iki tai desu

想去。
<ruby>行<rt>い</rt></ruby>ってみたいです。
itte mi tai desu

一起去吧！
<ruby>一緒<rt>いっしょ</rt></ruby>に<ruby>行<rt>い</rt></ruby>きましょう。
issho ni ikimashoo

明年一起去吧！
<ruby>来年<rt>らいねん</rt></ruby>は<ruby>行<rt>い</rt></ruby>きましょうね。
rainen wa ikimashoone

3 日本街道好乾淨 ● T2-40

例句

市容很乾淨。
町がきれいですね。
machi ga kiree desune

庭院的花很可愛。
庭の花がかわいいですね。
niwa no hana ga kawaii desune

年輕人很時髦。
若者がおしゃれですね。
wakamono ga oshare desune

老年人好親切喔！
老人が優しいですね。
roozin ga yasashii desune

女性身材都好棒喔！
女性はスタイルがいいですね。
josee wa sutairu ga ii desune

男人看起來蠻溫柔喔！
男性が優しそうですね。
dansee ga yasashi soo desune

街道好熱鬧喔！
街が賑やかですね。
machi ga nigiyaka desune

空氣很好。
空気がいいですね。
kuuki ga ii desune

人很親切。
人が親切ですね。
hito ga shinsetsu desune

街道好乾淨喔！
道が清潔ですね。
michi ga seeketsu desune

大家都好認真喔！
みんな真面目ですね。
minna mazime desune

穿著真有品味！
ファッションがすてきですね。
fasshon ga suteki desune

小孩們很有精神喔！
こどもたちは元気ですね。
kodomo-tachi wa genki desune

山 やま 山 yama		海 うみ 海 umi	
河川 かわ 川 kawa		湖 みずうみ 湖 mizuumi	
瀑布 たき 滝 taki		田園 でんえん 田園 denen	
草原 そうげん 草原 soogen		港口 みなと 港 minato	
神社 じんじゃ 神社 jinja		城 しろ 城 shiro	

1 唉呀！感冒了　🔘 T2- 41

例句

想去看醫生。
医者に行きたいです。
isha ni ikitai desu

請叫醫生來。
医者を呼んでください。
isha o yonde kudasai

請叫救護車。
救急車を呼んでください。
kyuukyuu-sha o yonde kudasai

醫院在哪裡？
病院はどこですか。
byooin wa doko desuka

診療時間是幾點到幾點？
診察時間は何時から何時までですか。
shinsatsu-jikan wa nanzi kara nanzi made desuka

醫生在哪裡？
お医者さんはどこですか。
o-isha-san wa doko desuka

朋友倒下去了。
友だちが倒れました。
tomodachi ga taoremashita

有點發燒。
熱があります。
netsu ga arimasu

身體不舒服。
気分が悪いです。
kibun ga warui desu

好用單字

感冒 風邪 kaze		心臓病 心臓病 shinzoo-byoo	
高血壓 高血圧 koo-ketsuatsu		糖尿病 糖尿病 toonyoo-byoo	

胃潰瘍 い かいよう 胃潰瘍 ikaiyoo		肺炎 はいえん 肺炎 haien	
花粉症 か ふんしょう 花粉 症 kafun-shoo		流行性感冒 インフルエンザ infuruenza	
氣喘 ぜんそく zenzoku		盲腸炎 もうちょう ちゅうすいえん 盲腸（虫垂炎） moochoo(chuusuien)	
過敏 アレルギー arerugii		骨折 こっせつ 骨折 kossetsu	
挫傷 ねんざ menza		便秘 べん ぴ 便秘 benpi	

2　我有點發冷　● T2- 42

怎麼了？

Q：どうしましたか？
doo shimashitaka

感到 ⬜⬜⬜ 。

A：症状＋がします。
ga shimasu

（想）吐 は　　け 吐き気 hakike		發冷 さむ　け 寒気 samuke	
頭暈 め　まい 目眩 memai		頭疼 ず　つう 頭痛 zutsu	
耳鳴 みみ　な 耳鳴り miminari			

身體＋が痛いです。

痛。
いた
身體＋が痛いです。
ga itaidesu

頭 あたま 頭 atama		肚子 なか お腹 onaka		手肘 うで 腕 ude	
脚 あし 足 ashi		腰部 こし 腰 koshi		眼睛 め 目 me	
耳朵 みみ 耳 mimi		膝蓋 ひざ hiza	牙齒 は 歯 ha	喉嚨 のど nodo

例句

會咳嗽。
せき で
咳が出ます。
seki ga demasu

不舒服。
き も わる
気持ちが悪いです。
kimochi ga warui desu

感冒了。
か ぜ ひ
風邪を引きました。
kaze o hikimashita

打嗝打個不停。
と
しゃっくりが止まりません。
shakkuri ga tomarimasen

拉肚子。
げ り
下痢をしています。
geri o shite imasu

沒有食慾。
しょくよく
食欲がありません。
shokuyoku ga arimasen

全身無力。
だるいです。
darui desu

發燒了。
ねつ
熱があります。
netsu ga arimasu

142

3　請張開嘴巴　 T2-43

例句

請躺下來。
横になってください。
yoko ni natte kudasai

請深呼吸。
深呼吸してください。
shinkokyuu shite kudasai

這裡會痛嗎？
この辺は痛いですか。
kono hen wa itai desuka

是食物中毒喔。
食あたりですね。
shokuatari desune

請把衣服脫掉。
服を脱いでください。
fuku o nuide kudasai

感覺如何？
気分はどうですか。
kibun wa doo desuka

請張開嘴巴。
口を開けてください。
kuchi o akete kudasai

請讓我看看眼睛。
目を見せてください。
me o misete kudasai

開藥方給你。
薬を出します。
kusuri o dashimasu

塗上藥膏。
薬を塗ります。
kusuri o nurimasu

好用單字

好像發燒 熱っぽい netsuppoi	很疲倦 だるい darui	流鼻水 鼻水 khanamizu
打噴嚏 くしゃみ kushami	咳嗽 せき seki	紅腫 腫れる hareru
汗 汗 ase	疼痛 痛み itami	痰 痰 tan

例句

一天請服三次藥。
薬は一日三回飲んでください。
kusuri wa ichinichi sankai nonde kudasai

請在飯後服用。
食後に飲んでください。
shokugo ni nonde kudasai

請將這個軟膏塗抹在傷口上。
この軟膏を傷に塗ってくだい。
kono nankoo o kizu ni nutte kudasai

會過敏嗎？
アレルギーはありますか。
arerugii wa arimasuka

發燒時請吃這個藥。
熱が出たら飲んでください。
netsu ga detara nonde kudasai

這是漱口用藥。
これはうがい薬です。
kore wa ugai-gusuri desu

是抗生素。
抗生物質です。
koosee-busshitsu desu

早中晚都要吃藥。
朝、昼、晩に飲んでください。
asa,hiru,ban ni nonde kudasai

請在睡前吃藥。
寝る前に飲んでください。
neru mae ni nonde kudasai

請不要泡澡。
お風呂に入らないでくださいね。
o-furo ni hairanaide kudasaine

我開三天份的藥。
薬を三日分出します。
kusuri o mikka-bun dashimasu

最好是戴上口罩。
マスクをつけた方がいいです。
masuku o tsuketa hoo ga ii desu

請開診斷書給我。
診断書をお願いします。
shindansho o onegai shimasu

請多保重。
お大事に。
odaiji ni

1 我的護照丟了 T2- 45

████ 不見了。

物品 + をなくしました。
o nakushimashita

信用卡	包包	月票
クレジットカード	かばん	定期券（ていきけん）
kurejitto-kaado	kaban	teeki-ken

筆	房間鑰匙	相機
ペン	部屋の鍵（へや）	カメラ
pen	heya no kagi	kamera

行李箱	護照	萬用筆記本	機票
スーツケース 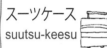	パスポート	手帳（てちょう）	航空券（こうくうけん）
suutsu-keesu	pasupooto	techoo	kookuuken

把 ████ 忘在 ████ 了。

場所 + に + 物 + を忘れました。（わす）
ni　　　　o wasuremashita

電車／行李	房間／鑰匙
電車（でんしゃ）／荷物（にもつ）	部屋（へや）／鍵 
densha nimotsu	heya kagi

計程車／電腦	公車／皮包
タクシー／パソコン	バス／バッグ
takushii pasokon	basu baggu

飯店／名產	餐廳／錢包	保險箱／護照
ホテル／みやげ物（もの） 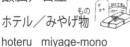	食堂（しょくどう）／財布（さいふ）	金庫（きんこ）／パスポート 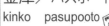
hoteru miyage-mono	shokudoo saifu	kinko pasupooto

　　　　被偷了。

物品＋**を盗まれました。**
o nusumaremashita

錢包 財布 saifu	信用卡 クレジットカード kurejitto-kaado
行李箱 スーツケース suutsu-keesu	戒指 指輪 yubiwa
金融卡 キャッシュカード kyasshu-kaado	金錢 お金 o-kane
行李 荷物 nimotsu	項鍊 ネックレス nekkuresu
筆記型電腦 ノートパソコン nooto-pasokon	手錶 腕時計 ude-dokee

犯人是 ▢▢▢▢ 。

はんにん
犯人は＋人＋です。
hannin wa　　　　desu

年輕男性 わか おとこ 若い男 wakai otoko		矮個子的男性 せ ひく おとこ 背の低い男 se no hikui otoko	155 cm
長髪的女性 かみ なが おんな 髪の長い女 kami no nagai onna		帶著眼鏡的女性 おんな めがねをかけた女 megane o kaketa onna	
戴眼鏡的男人 おとこ めがねをかけた男 megane o kaketa otoko		四十歳左右的女人 よんじゅうだい おんな 四十代の女 yonjuu-dai no onna	
年輕女生 わか おんな 若い女 wakai onna		瘦瘦的男人 や おとこ 痩せた男 yaseta otoko	
胖的女人 ふと おんな 太った女 futotta onna		戴著帽子的女人 ぼう おんな 帽子をかぶった女 booshi o kabutta onna	
穿青色西裝的男人 あお せびろ おとこ 青い背広の男 aoi sebiro no otoko		有鬍子的男人 ひげ おとこ 髭のある男 hige no aru otoko	

例句

東西弄丟了。
落し物をしました。
otoshimono o shimashita

是黑色包包。
黒いかばんです。
kuroi kaban desu

裡面有錢包和信用卡。
財布とカードが入っています。
saifu to kaado ga haitte imasu

希望能幫我打電話給發卡公司。
カード会社に電話してほしいです。
kaado-gaisha ni denwashite hoshii desu

請填寫遺失表格。
紛失届けを書いてください。
funshitsu-todoke o kaite kudasai

怎麼辦好？
どうしたらいいでしょう。
doo shitara ii deshoo

錢全部被拿去了。
お金を全部取られました。
o-kane o zenbu toraremashita

護照不見了。
パスポートがありません。
pasupooto ga arimasen

大概有十萬日圓在裡面。
10万円ぐらい入っていました。
juuman-en gurai haitte imashita

太好了，找到了。
あった。あった。
atta. atta

好用單字

警察 警察 keesatsu	身分證 身分証明書 mibun-shoomeesho	護照 パスポート pasupooto
金融卡 キャッシュカード kyasshu-kaado	聯絡 連絡 renraku	申請（書） 届け todoke
小偷 泥棒 doroboo	遺失 紛失 funshitsu 	補發 再発行 sai-hakkoo

附　　録

● 基本單字

1. 數字（一）

1	1（いち）	ichi
2	2（に）	ni
3	3（さん）	san
4	4（よん／し）	yon/ shi
5	5（ご）	go
6	6（ろく）	roku
7	7（なな／しち）	nana/ shichi
8	8（はち）	hachi
9	9（く／きゅう）	ku/ kyuu
10	10（じゅう）	juu
11	11（じゅういち）	juuichi
12	12（じゅうに）	juuni
13	13（じゅうさん）	juusan
14	14（じゅうよん／じゅうし）	juuyon/ juushi
15	15（じゅうご）	juugo
16	16（じゅうろく）	juuroku
17	17（じゅうしち／じゅうなな）	juushichi/ juunana
18	18（じゅうはち）	juuhachi
19	19（じゅうく／じゅうきゅう）	juuku/ juukyuu
20	20（にじゅう）	nijuu
30	30（さんじゅう）	sanjuu
40	40（よんじゅう）	yonjuu
50	50（ごじゅう）	gojuu
60	60（ろくじゅう）	rokujuu

70	70（ななじゅう）	nanajuu
80	80（はちじゅう）	hachijuu
90	90（きゅうじゅう）	kyuujuu
100	100（ひゃく）	hyaku
101	101（ひゃくいち）	hyakuichi
102	102（ひゃくに）	hyakuni
103	103（ひゃくさん）	hyakusan
200	200（にひゃく）	nihyaku
300	300（さんびゃく）	sanbyaku
400	400（よんひゃく）	yonhyaku
500	500（ごひゃく）	gohyaku
600	600（ろっぴゃく）	roppyaku
700	700（ななひゃく）	nanahyaku
800	800（はっぴゃく）	happyaku
900	900（きゅうひゃく）	kyuuhyaku
1000	1000（せん）	sen
2000	2000（にせん）	nisen
5000	5000（ごせん）	gosen
10000	10000（いちまん）	ichiman

2. 數字（二）

一個	一つ（ひと）	hitotsu
二個	二つ（ふた）	futatsu
三個	三つ（みっ）	mittsu
四個	四つ（よっ）	yottsu
五個	五つ（いつ）	itsutsu
六個	六つ（むっ）	muttsu

七個	<ruby>七<rt>なな</rt></ruby>つ	nanatsu
八個	<ruby>八<rt>やっ</rt></ruby>つ	yattsu
九個	<ruby>九<rt>ここの</rt></ruby>つ	kokonotsu
十個	<ruby>十<rt>とお</rt></ruby>	too
幾個	いくつ	ikutsu

3. 月份

一月	<ruby>一月<rt>いちがつ</rt></ruby>	ichi-gatsu
二月	<ruby>二月<rt>にがつ</rt></ruby>	ni-gatsu
三月	<ruby>三月<rt>さんがつ</rt></ruby>	san-gatsu
四月	<ruby>四月<rt>しがつ</rt></ruby>	shi-gatsu
五月	<ruby>五月<rt>ごがつ</rt></ruby>	go-gatsu
六月	<ruby>六月<rt>ろくがつ</rt></ruby>	roku-gatsu
七月	<ruby>七月<rt>しちがつ</rt></ruby>／<ruby>七月<rt>なながつ</rt></ruby>	shichi-gatsu/nana-gatsu
八月	<ruby>八月<rt>はちがつ</rt></ruby>	hachi-gatsu
九月	<ruby>九月<rt>くがつ</rt></ruby>	ku-gatsu
十月	<ruby>十月<rt>じゅうがつ</rt></ruby>	juu-gatsu
十一月	<ruby>十一月<rt>じゅういちがつ</rt></ruby>	juuichi-gatsu
十二月	<ruby>十二月<rt>じゅうにがつ</rt></ruby>	juuni-gatsu
幾月	<ruby>何月<rt>なんがつ</rt></ruby>	nan-gatsu

4. 星期

星期日	<ruby>日曜日<rt>にちようび</rt></ruby>	nichi-yoobi
星期一	<ruby>月曜日<rt>げつようび</rt></ruby>	getsu-yoobi
星期二	<ruby>火曜日<rt>かようび</rt></ruby>	ka-yoobi
星期三	<ruby>水曜日<rt>すいようび</rt></ruby>	sui-yoobi
星期四	<ruby>木曜日<rt>もくようび</rt></ruby>	moku-yoobi
星期五	<ruby>金曜日<rt>きんようび</rt></ruby>	kin-yoobi

星期六	土曜日	do-yoobi
星期幾	何曜日	nan-yoobi

5. 時間

一點	一時	ichi-ji
兩點	二時	ni-ji
三點	三時	san-ji
四點	四時	yo-ji
五點	五時	go-ji
六點	六時	roku-ji
七點	七時	shichi-ji
八點	八時	hachi-ji
九點	九時	ku-ji
十點	十時	juu-ji
十一點	十一時	juuichi-ji
十二點	十二時	juuni-ji
一點十五分	一時十五分	ichi-ji juugo-fun
一點三十分	一時三十分	ichi-ji sanju-ppun
一點四十五分	一時四十五分	ichi-ji yonjuugo-fun
兩點十五分	二時十五分	ni-ji juugo-fun
兩點半	二時半	ni-ji han
兩點四十五分	二時四十五分	ni-ji yonjuugo-fun
三點半	三時半	san-ji han
四點半	四時半	yo-ji han
五點半	五時半	go-ji han
六點十五分前	六時十五分前	roku-ji juugo-fun mae
七點整	七時ちょうど	shichi-ji choodo

八點過五分	八時五分過ぎ	hachi-ji go-fun sugi
幾點幾分	何時何分	nan-ji na-pun

● 日本文化

1. 文化及社會

花道	華道	kadoo
藝術	芸術	geejutsu
藝能	芸能	geenoo
香道	香道	koodoo
茶道	茶道	sadoo
盆栽	盆栽	bonsai
盆石、盆景	盆石	bonseki
日本歌舞伎	歌舞伎	kabuki
能樂	能楽	noogaku

2. 日本慶典

成人儀式	成人式	seejin-shiki
綠色紀念日	緑の日	midori no hi
盂籃節	お盆祭り	o-bon-matsuri
七夕	七夕祭り	tanabata-matsuri
煙火節	花火祭り	hanabi-matsuri
新年	お正月	o-shoogatsu
敬老節	敬老の日	keeroo no hi
憲法節	憲法の日	kenpoo no hi
體育節	体育の日	taiiku no hi
祇園祭典	祇園祭り	gion-matsuri
扛神轎	御神輿	o-mikoshi
盛岡SANSA舞蹈	盛岡さんさ踊り	morioka sansa-odori

草津溫泉節	草津温泉祭	kusatsu onsen-matsuri
江之島煙火大會	江の島花火大会	enoshima hanabi-taikai
萬燈節	万灯祭	mantoo-matsuri
燈籠祭典	竿燈まつり	kantoo-matsuri
青森驅魔祭	青森ねぶた祭	aomori nebuta-matsuri
WASSHOI百萬夏日節	わっしょい百万夏まつり	wasshoi hyakumanatsu-matsuri
火之國節	火の国まつり	hinokuni-matsuri

3. 日本街道

工商業集中地區	下町	shitamachi
日本橋	日本橋	nihon-bashi
和服商店	呉服屋	gofuku-ya
日式點心店	和菓子屋	wagashi-ya
便當店	弁当屋	bentoo-ya
便利商店	コンビニ	konbini
藥房	薬屋	kusuri-ya
魚店	魚屋	sakana-ya
肉店	肉屋	niku-ya
蔬果菜店	八百屋	yao-ya
商店街	商店街	shooten-gai
歌舞伎町	歌舞伎町	kabuki-choo
道路	通り	toori
一號街	一番町	ichiban-choo
古街	古道	kodoo
史蹟	史跡	shiseki
散步指南	ウォーキングの案内	uookingu no annai
街道地圖	町マップ	machi-mappu

遊學‧留學
生活日語
去日本跟日本人學日語

- 到日本打工如何面試
- 怎麼找到好房子
- 如何投健康保險
- 怎麼跟鄰居打招呼
- 食衣住行輕鬆開口說
- 日本人都在用的談天
  、交友好用句
- 從到日本旅行，就開
  始喜歡日語…等。

吉松由美　著

1書＋MP3　定價310元

飛機上臨時抱佛腳也OK啦!

極短句旅遊日語

也可以著色喔!

GO 日語【12】

著　　者——西村惠子

發 行 人——林德勝

出 版 者——山田社文化事業有限公司

地　　址——臺北市大安區安和路112巷17號7樓

電　　話——02-2755-7622

傳　　真——02-2700-1887

郵政劃撥——19867160　大原文化事業有限公司

經 銷 商——聯合發行股份有限公司

地　　址——新北市新店區寶橋路235巷6弄6號2樓

電　　話——02-2917-8022

傳　　真——02-2915-6275

印　　刷——上鎰數位科技印刷有限公司

法律顧問——林長振法律事務所　林長振律師

初　　版——2015年12月

書＋1MP3——新台幣299 元

ISBN 978-986-6464-56-0